새 봄에 피어날 당신에게.

순백의 비명

純白悲鳴

정이담 장편소설

순백의 비명

아작

차례

1장

선량한 친구들의 초봄

내 피의 팔 할은 다른 이들의 눈물로 이루어졌다.

아침은 꼬맹이들의 울음으로 시작한다. 우리 방은 일곱 살 막내부터 고등학생까지 열 명이 모여 산다. 고등학생이 되면 또래끼리 방을 쓰는데, 올해는 원아들이 더 입소한 탓에 공간이 협소했다. 나는 동생들과 생활을 공유해야만 했다. 덕분에 아침마다 일어나기 싫다고 우는 애, 밥투정하는 애, 관심을 끌어보려 난리 치는 애들에게 시달리며 깬다.

우리 방은 두 명의 이모가 번갈아 돌봐주신다. 한 이모가 우리와 하루하고 반나절을 보내면 다음 날 점심때 다른 이모로 바뀌는 식이다. 보통 엄한 아버지 같은 이모와 상냥한 이모가 짝을 이룬다. 오늘은 상냥한 이모가 당번인 날이다. 막내들이 유난히 떼를 쓰는 걸 보면 안다. 애들은 호락호락하지 않은 사람에겐 금방 숙이지만 받아줄 틈이 있는 사람은 놀랍도록 빠르게 파악한다.

그 마음은 이해가 간다. 이곳의 생활은 일과가 꽉 짜여 있기 때문이다. 원칙을 따르지 않으면 혼이 난다. 한 명의 이기심이 다른 사람들에게 피해를 주기 십상이다. 일거수일투족 지시를 받는다. 바깥에서는 학교 교칙에 시달리고, 집에 오면 원의 규칙을 따라야 하니 매일이 스트레스다. 이러니 다정한 사람의 존재는 유일한 숨구멍이다. 누구나 그 품속에서 응석을 부리고 싶어 한다. 문제는 오아시스에 코를 박고 애정을 들이마시려는 경쟁자들이 한 방에 열 명이나 된다는 거다. 우리는 언제나 실랑이를 벌인다.

보통 일곱 살쯤 떼 부리기가 심하고 여덟 살에 학교를 들어가면 조금 의젓해진다. 그러나 곧 두어 번의 위기가 오며 전쟁을 시작한다. 우리 보육원의 이름은 선우원이다. 선할 선(善)에 벗 우(友)자를 써서 착한 친구들이라는 뜻이다. 하지만 다들 하는 짓을 보면 착하긴 개뿔, 여긴 정글이나 다름없다. 다른 애가 이모의 관심을 받으면 질투가 나 머리를 잡아당기고, 제 말을 들어주지 않으면 울고, 친구들을 꼬드겨 간식을 훔친다. 이게 바로 선우원의 생태계다.

하지만 나처럼 잔뼈가 굵은 아이들은 무조건 떼쓰고 투정 부리는 전략을 사용하지 않는다. 그건 한 수 아래인 애들이나 하는 짓이다. 보는 눈이 없으면 챙길 걸 챙기지만, 때론 약삭빠르게 이모가 원하는 행동을 맞춰주고 어필하는 쪽이 낫다. 아무리 착한 이모라도 매일 응석에 시달리면 6개월도 채우지 못하고 일을 그만두니까. 난 한 살 때부터 여기에서 컸다. 얼마나 많은 이모들이 떠나갔는지 안다. 우릴 스쳐 간 수십 명의 이모를 다 기억한다. 그 이모들도 언제나 처음엔 잘 부탁한다고, 너희를 사랑할 거라고 말했다. 그러나 이곳의 실체를 경험한 후엔 꽁무니를 내뺐다. 이모들이라고 슈퍼우먼은 아니지만 퇴직하는 이들의 등을 볼 땐 섭섭하다. 어쨌든 지금은 얼른 저 시끄러운 꼬맹이들을 조용히 시키는 게 답이다.

"조용히 해! 여기 너희만 살아?"

내가 방문을 벌컥 열며 외치자 애들은 금세 조용해졌다. 하지만 몇 분 가지 않는다. 애들이 다시 떠들기 전에 반찬통에서 시금치를 퍼다 동생들의 접시에 한 주먹씩 올렸다.

"제일 시끄러운 사람은 두 덩이 줄 거야."

으름장을 놓으니 애들은 묵묵히 수저를 들었다. 이모는 너무 무섭게 눈을 부라리지 말라며 핀잔을 주었다. 하지만 은근히 고맙다는 눈빛도 보냈다.

이 방의 최고참은 고등학생인 나와 율, 이렇게 둘이다. 율은 나와 동갑이지만 다리가 불편해 거동이 어렵다. 애들을 통솔하기보단 도움 받을 일이 많았다. 그러다 보니 동생들을 꾸짖어도 별로 위엄이 살지 않는다. 따라서 언제나 난장판을 수습하는 건 내 몫이었다. 표정을 굳히고 엄포를 놓으면 애들은 껌벅 기가 죽는다. 물론 나중에 뒷담화를 오지게 한다. 맏언니의 숙명은 이런 법이다.

이곳엔 수많은 아이가 어울려 살아간다. 밥 먹는 모습들만 봐도 천차만별이다. 시금치를 남의 접시에 뿌리는 애부터 미트볼을 주머니에 넣다 걸리는 애, 칭얼대다 소시지를 뺏기거나 밥에는 도통 관심이 없고 꾸벅꾸벅 조는 애까지. 그나마 내가 나타나야 정리가 된다. 나는 애들이 밥을 먹는 동안 등교에 필요한 것들을 점검했다. 동생들은 귀찮은 기색으로 고개를 끄덕였다. 괜히 말대답했다간 엉덩이를 두들겨줄 테다. 하루라도 조용히 등교하고 싶은 언니의 마음을 애들이 제발 알았으면 좋겠다.

다 먹은 접시는 로봇 이모가 싱크대로 가져갔다. 우리에겐 세 명, 아니, 세 대의 로봇 이모가 있다. 로봇 이모들은 딱 봐도 구분이 간다. 얼굴은 백색이고 엉성한 가발이 얹혔다. 다리 대신 바퀴가 달렸다. 나름 가슴처럼 보이는 굴곡이 몸체에 있지만 도대체 무슨 용도인지 모르겠다. 로봇 이모들은 종종 소음을 내며 방 곳곳을 이리저리 돌아다닌다. 돌봄 로봇이라곤 하지만 주 기능은 등교 시간 통보, 알림장 확인하기, 빨래 분류와 설거지, 영어단어 시험 검사하기 정도다. 사용하는 말도 단순하다. '밥 먹어라', '숙제해라', '씻을 시간이다', '정신 차려라' 등. 죄다 명령어로 말한다. 대체 누가 로봇이고 사람인지 알 수 없다. 로봇에게도 잔소리를 들어야 하는 삶이란. 가끔 '잘 자라', '사랑한다' 등의 말도 읊지만 단조로운 어조에 표정 변화도 없다. 그저 녹음된 문장을 반복한다. 인간미 없는 목소리는 으스스하다. '사랑한다, 사랑한다.' 로봇 이모들은 그게 어떤 의미인지 알고는 있을까?

로봇 이모들은 시판되기 전 사업장 몇 곳을 지정해 시범 운용되던 기계였다. 공장이 망했는지 5년이 지나도 다른 로봇이 들어오는 일은 없었다. 무료로 로봇을 기증해 이것저것 시험하는 장소로 우리 보육원 같은 곳은 별말이 나오지 않는다. 그러니 관리도 이렇게 어설프지. 이 로봇들은 상용화되기는커녕 눈 씻고 찾아봐도 원하는 사람이 없었다.

그럴 만도 했다. 이들을 설계한 사람은 돌봄이 무엇인지는 전혀 관심이 없었다. 예산에 맞춰 실적 보여주기 식으로 구색만 맞추다 망한 거다. 사업 보고서에 대충 이러이러한 프로그램을 넣었습니다, 자랑하면 그만이다. 솔직히 로봇 이모들은 디자인부터 기능까지 정이 하나도 안 붙는다. 시끄럽게 우릴 쫓아다니며 일정을 반복 주입하는 고철 덩어리일 뿐. 로봇 이모들을 보낸 행정가는 버려진 아이들이라면 로봇에 애착을 형성하리라 생각한 모양이었다.

그러나 태어날 때부터 곁에 자판기나 알림 시계가 있다고 애착이 생기지는 않는다. 우리에게 로봇 이모들은 애물단지다. 어쩌면 로봇 이모들에게 우리 역시 애물단지일지도. 로봇들이 마당을 돌아다니면 허여멀건 몸체가 햇빛에 요란하게 빛났다. 그건 이곳이 일반 가정과 다른 복지 시설임을 동네방네 광고했다. 로봇을 보낸 이들이 선우원에서 한 달이라도 살아봤다면 더 유용한 디자인을 고민하지 않았을까? 그들은 고작 반나절 정도 우리 집을 구경하러 와서는 모든 걸 아는 척을 한다.

애들은 나를 보고 로봇 이모와 닮았다고 했다. 언제부터인가 난 보육원에서 울기를 그만두었다. 누가 괴롭혀도, 억울한 일이 생겨도, 물건을 잃어버리거나 선생님에게 혼나도 이 악물고 참았다. 그러다 보니 얼굴 근육이 굳고 인상도 더러웠다. 어설프게 구색 맞춰 세상에 태어난 로봇 이모처럼. 어쩔 수 없었다. 이건 내 유일한 생존의 방식이었다.

질질 짜지 않고 기를 쓰고 살면 탈은 안 난다. 여기서

모난 짓을 하거나 유약하게 굴면 더욱 살기 힘들다. 틈이 생기면 고자질을 당하거나 벌을 받는다. 휴대폰 사용이 금지되고 혼자 화장실 청소를 해야 할 수도 있다. 사춘기 소녀에게 로봇을 닮았다는 피드백은 씁쓸했다. 그래도 한 번 울면 세 번 눈을 치뜬 바람에 꾸역꾸역 살아졌다.

나라고 처음부터 강단 있는 성격은 아니었다. 막내일 땐 오히려 수줍고 얌전했다. 언니들은 나를 꽤 예뻐했다. 시키는 심부름은 죄다 하는 호구였으니까. 그러면 언니들 로부터 과자 한두 개나 컴퓨터 게임 10분 같은 콩고물이 떨어졌다. 하지만 친구나 동생들에게서는 절대 물러설 수 없었다. 약점이 드러나면 금방 표적이 될 테니 조심해야 했다. 여기서는 먹어도 먹어도 허기가 지고, 고작 두 명 의 이모가 모든 아이를 돌보아 다들 애정에 목말랐다. 남 을 일러바쳐서라도 관심 받으려는 애들이 수두룩했다. 그 러니 내 몫은 스스로 챙겨야 했다. 덕분에 난 누구보다 단단하고 강해졌다.

로봇 이모가 날 발견하곤 배 속에서 지저분한 양말과 속옷을 뱉었다. 어제 숙제를 하다 너무 피곤해 구석에 벗 어 두고 깜박한 거였다. 에이 씨, 밥상 앞에서 쪽팔리게. 나는 팩 성질을 부리며 그걸 낚아챘다.

"빨래는 스스로. 벌점 마이너스 1점."

로봇 이모는 딱딱한 기계음으로 이렇게 말했다. 등 쪽

모니터에 점수가 매겨진다. 짜증이 치솟았다. 저 로봇들은 점수 매기기나 잘하지. 내 고달픔을 알아주지도 않으면서. 하지만 기계에 성질을 부려봤자 소용은 없다. 대신 식탁에 앉아 킬킬대는 동생들에게 눈을 흘겼다. 동생들은 시선을 피하고 미역국을 퍼먹었다.

"냄새나게 빨래 처박아두지 말고 바로 치우랬지? 거봐라. 벌점 받아도 싸. 그리고 동생들보다 네 목청이 더 시끄러워."

율이 빈정대며 방에서 나왔다. 그 애는 휠체어에 부착된 트레이에 음식을 챙겨 텔레비전 앞으로 갔다. 나는 그 등도 잔뜩 째려보았다. 율은 자신만은 이 상황에 해당하지 않는다는 듯 태연하게 밥을 폈다. 그래, 이 생태계에서도 다리가 불편한 율만 예외적인 포지션이었다. 그 애는 입소할 때부터 사방에 큰소리를 떵떵 치며 들어왔다.

율은 나보다 4년 정도 늦게 보육원에 왔다. 그 애는 인어증후군이라는 희귀병을 앓았다. 두 다리가 물고기 꼬리처럼 하나로 붙은 채 태어났다. 발목과 발은 어렴풋이 구분되지만 무릎이나 허벅지의 경계는 모호했다. 율은 언제나 휠체어를 타거나 목발을 짚었다. 그 애는 우리 방 모두의 공동 책임이었다. 율이 이동할 땐 언제나 한 명이 달라붙어 도왔다. 옷을 입을 때나 잠잘 준비를 할 때도 수발들 사람이 필요했다. 율은 자신에게 특권이 허락된 것처럼 굴었다. 친구들은 무조건 개에게 먼저 양보해야 했고, 심기를 거스르면 안 되었다. 율이 조금이라도 울부짖으면 혼나는 건 방의 아이들 전체였다. 신체가 부자연스러운 애를 배려하지 못했다는 이유로 말이다.

반면 이렇게 손이 많이 가는 애인데도 성격은 전혀 예쁘지 않았다. 솔직히 어릴 때부터 그 애는 괴팍했다. 율은 밤마다 별의별 핑계를 대어 이모들을 차지했다. 딱 봐도 인어에 가까운 다리를 활용해 이모들을 구슬렸고, 공부도 제법 했다. 학교 쉬는 시간에 피구를 하거나 매점으로 달려갈 수 없으니 앉아서 책만 보다가 성적이 올랐다. 학습에 재미를 붙이기 힘든 보육원 애들 사이에선 독보적이었다. 율은 더더욱 이모들의 총애를 받았다. 이모들은 시험 기간마다 그 애와 우릴 비교했다. 그러니 율은 눈엣가시 아닌 눈엣가시였다.

처음엔 우리도 그 애를 불쌍히 여겼다. 그러나 나중에 율이 부러 그걸 이용한다는 걸 안 후엔 얄미웠다. 특히 그 애와 동갑인 나는 더욱 그랬다. 율과 나는 개와 고양이처럼 선우원의 앙숙으로 유명한 사이였다. 수십 명의 아이 중 선우원에 마지막까지 남은 애도 율과 나였다. 하필 얘랑 내가 최후의 룸메이트일 줄은 꿈에도 몰랐다. 여하튼 우리는 방을 같이 쓸 뿐 아니라 목욕과 등하교도 함께 했다. 정말 지긋지긋한 인연이었다.

동생들이 차례로 밥그릇을 비웠다. 아이들이 욕실에 줄지어 다녀오면 나와 율이 마지막으로 씻는다. 그 애의 목욕 수발을 드는 건 전적으로 내 몫이다. 욕실엔 작은 환기구가 뚫려 있고 밤낮이 잘 구분되지 않는 흐리멍덩한 풍경만 비친다. 등교 시간이 한참 남았지만 지금부터 준비해야 한다. 여름이든 겨울이든 해가 들기 전에 식사를 마친 후 씻어야 제시간에 맞출 수 있다. 지금은 새벽 5시 반이었다. 얼른 행동해야 지각하지 않는다. 우리는 시간 절약을 위해 두셋이 함께 샤워를 한다. 열 명이 다 씻으려면 한참 걸린다. 특히 율은 남들보다 배로 시간이 필요했다.

"야. 생일 때 코노 콜?"

바빠 죽겠는데 율이 웃통을 벗으며 한가롭게 물었다. 대야에 물을 떠다 그 애에게 끼얹자 율은 샴푸를 죽 짰다. 그걸로 두피를 박박 문질러 거품을 냈다. 나는 고개를 저었다.

"코인노래방 갈 때냐. 이번엔 생일 용돈 다 저금할 거야."

"아, 그래도 10분만. 어?"

"낼모레면 너도 독립이거든. 정신 차려라."

난 단호했다. 하지만 율은 포기하지 않고 입방정을 떨었다.

"난 3년 더 있지롱. 너나 정신 차려. 진작에 나처럼 공부를 했어야지. 고졸로 사회 나가서 뭐 하냐?"

"닥쳐. 그게 맘대로 돼? 맨날 처박혀 답이나 외우는 아웃사이더 범생이 주제에. 나 집 나가면 이제 꼬맹이들 다 네 몫이니까 각오해라. 꼬시다, 꼬셔."

율이 잇몸을 씰룩였다. 우리에겐 생일날 받는 특별 용돈이 있었다. 율은 그걸 탕진하자고 조르는 거다. 가끔 율이 거품을 다리에 떨구고 졸면 내가 찬물을 확 끼얹는데, 오늘따라 율은 정신이 말짱했다. 귀가 따가울 지경으로 재잘댔다. 난 대야에 찬물을 받으며 이걸 뿌릴 타이밍을 가늠했다. 율은 계속 내 신경을 긁었다. 내가 무시하자 그 애는 가운뎃손가락을 들었다. 그래서 얼른 냉수를 퍼부었다. 율은 욕설을 뱉으며 팔꿈치로 내 옆구리를 가격했다. 다리 대신 팔을 자주 쓰니 근육이 어마어마했다. 보통 사람의 손아귀 힘과는 차원이 달랐다. 뼈가 으스러지는 줄 알았다. 난 넘어지면서 '실수로' 율의 다리를 깨물었고 그 앤 내 이마에 비누를 던졌다.

선우원에서는 여러 달에 한 번 생일 파티를 몰아서 한다. 같은 계절에 태어난 애들끼리 한꺼번에 축하를 받는다. 율과 나도 비슷한 시기에 태어났다. 정확히 말하면 입소한 달이 같았다. 보통 우릴 이곳에 보낸 부모들은 출생신고를 하지 않았다. 그래서 대부분 선우원 이름으로 법적 신분을 받는다. 즉 우리 나이는 본질적으로 '추정'이다. 생일도 입소일로 정한다. 생년월일이나 태어난 시각을 정확히 아는 사람이 없기 때문이다. 그래서 선우원 출신들은 사주팔자도 믿지 않는다. 우리의 운명에 대해 평생 답을 모른다.

생일 파티엔 치킨이나 피자, 케이크를 먹고 카드와 선물을 교환한다. 평소에는 이모들이 군것질을 단속하지만 이날만은 허락한다. 다들 먹고 싶은 과자 리스트를 적으며 파티를 손꼽아 기다린다. 노래를 부르고 촛불을 끄면 이모들이 특별 용돈을 준다. 율은 그걸 쓰자고 날 꼬드기는 거다. 하지만 올해의 나는 절대 용돈을 낭비할 생각이 없다. 저축할 수 있는 건 다 모을 예정이다. 한 푼이라도 아쉬웠다.

내년이면 율과 나는 만으로 성인이다. 즉, '보호종료대상자'가 된다. 주민등록증이 나오면 더 이상 선우원의 아이로 남을 수 없다. 그때부턴 독립지원금을 들고 세간을 챙겨 나가야 한다. 율처럼 특별히 성적이 좋아 대학 진학을 하는 경우가 아니면 학창 시절을 연장하는 건 불가능하다. 당장 생계를 어떻게 이을지 대비해야 한다. 인생의 앞가림은 내 몫이다. 교실에서 친구들과 시답잖은 수다를 떨고, 아이돌 뮤직비디오를 보다가도 문득 내년을 생각하면 모골이 송연했다. 어른이 된다는 건 자유롭고 홀가

분한 일이 아니었다. 천 길 낭떠러지에서 억지로 밀려 떨어지는 것과 같았다. 착지할 방법을 찾지 못하면 뼈가 죄다 부러질 수도 있다.

겉으론 태연한 척했으나 속으론 매일 긴장했다. 밤마다 잠이 안 왔다. 작년까지만 해도 어떻게든 되겠지 낙관했었다. 미리 걱정해도 소용없고, 크게 와 닿지도 않았으니까. 그런데 저번에 동생 하나가 이번 생일엔 초를 몇 개 꽂느냐고 물었다. 큰 초와 작은 초의 개수를 세다 문득 작년에 독립했던 언니 생각이 났다. 그 언니의 생일 케이크를 내가 준비했었다. 언니는 이맘때쯤 무슨 생각을 했을까? 언니가 떠난 지 반년이 지나서야 그게 궁금했다. 그 언니는 아직 한 번도 원에 연락한 적이 없었다. 분명 나갈 땐 매달 편지를 하마 약속했는데. 이모에게 물어 언니의 연락처를 알아냈다. 언니는 밤 10시가 넘어야 통화가 가능했다. 난 몰려오는 잠을 꾹 참고 언니에게 전화를 걸었다. 언니는 약속 시간을 훌쩍 넘겨 전화를 받았다.

"왜 이렇게 연락이 안 돼."

내가 타박하자 언니는 피곤한 기색이 역력한 말투로 답했다.

"저녁 아르바이트를 늘렸어. 월세랑 관리비, 난방비, 교통비가 빠지면 가계가 빠듯해서."

"이번 달 나랑 율이랑 생일인데 놀러 와."

"그래. 보고 싶다. 한번 찾아가야지. 맛있는 거 들고 갈게."

언니는 예전에도 그렇게 말했다. 하지만 결국 오지 못했다. 이번에도 그럴 것이다. 난 그걸 언급하려다 꾹 삼켰다. 이곳에선 다음에 또 보자는 약속을 절대적으로 믿으면 바보다. 순진하게 기대하는 멍청이가 될 순 없었다. 평생에 걸쳐 이런 지혜를 학습했는데도 언니에게 투정을 부릴 뻔했다.

이곳에 사는 아이들도, 방문하는 인연들도 저마다의 사연으로 가득하다. 우리에게 이별은 익숙한 일상이고, 누군가에게 영원 따위를 기대해서는 안 된다. 애초에 우리가 선우원 가족이 된 연유도 가족에게 버려졌기 때문이니까. 믿을 수 있는 약속이나 꿈이 이루어진다는 말이 참이었다면 우리가 주야장천 부모를 기다리는 희망 고문 속에 살진 않았을 거다. '언젠가', '다음에 또 만나자', '데리러 갈게', '영원하자'. 이런 말은 신뢰할 수 없는 것으로는 무조건 1순위였다.

마음을 조절하는 것도 능력이다. 정 외로우면 로봇 이모들에게 가서 '사랑한다' 버튼을 누르고 목소리나 들으면 된다. 물론 그 후에 엄습하는 공허함도 스스로의 몫이다. 그걸 알면서도 떠난 언니에게 칭얼거렸다. 나는 안부 인사를 마지막으로 언니와의 통화를 마쳤다. 언니, 잘 지내. 그 말 사이에 부담을 주고 싶지 않은 마음과, 응석 부리고 싶은 마음이 뒤섞였다.

이별을 상상하는 건 우리에게 아주 쉬운 일이다. 계약직이기 때문에, 아니면 고된 노동 강도에 한 해를 넘기지 못하고 퇴직하는 이모들, 입양되거나 친척을 만나 선우원을 나가는 친구들, 철새처럼 왔다 가는 봉사자들과 후원자들까지. 만남보다 이별이 우리에겐 더 익숙하다. 그럼에도 이별한 언니가 다시 보고 싶었다. 그리운 마음까진 어쩔 수 없었다.

언니와 통화한 후 한 사람이 사는 데 필요한 생활비가 얼마인지 검색했다. 결과는 상상 이상이었다. 보증금도 예상보다 액수가 컸고, 월세는 더 비쌌다. 그동안 모은 용돈으론 턱도 없었다. 지금 상태로는 3개월도 버티지 못한다. 그걸 깨닫자 정신이 번쩍 들었다. 1년 후엔 이모들의 보호 없이 오롯이 두 발로 생존해야 하는데. 준비된 게 하나도 없었다. 신경이 바짝 곤두섰다. 앞길이 막막했다. 아직 고등학교도 졸업하지 못한 애가 떠올릴 수 있는 생존법엔 한계가 있었다.

난 곧바로 통장을 개설했다. 미성년자라 준비할 서류가 엄청났다. 은행을 다섯 번은 왕복했다. 창구 직원이 제발 한 번에 처리하라며 꾸지람을 했다. 억울했다. 가족관계증명서를 뗄 부모가 없으면 어떻게 해야 하는지 누구도 알려주지 않았을 뿐인데. 그래도 천신만고 끝에 나만의 통장을 손에 쥐었다. 내 이름이 적힌 노란 표지의 통장을 받자 삶의 무게가 적나라하게 느껴졌다.

율처럼 대학 진학을 결정했으면 좋으련만. 난 공부에 영 재능이 없었다. 특별한 재주도 없었다. 심심하면 보육원 꼭대기의 작은 도서관에 처박혀 책을 읽었기 때문에 그나마 국어 점수가 좀 나은 정도였다. 그곳은 이모들이 기증한 책으로 빼곡했다. 백과사전, 요리책, 판타지 소설과 육아 관련 서적 등 온갖 잡다한 지식이 가득했다. 지루할 때마다 그곳에서 활자들을 곱씹는 게 낙이었다.

남들이 모를 만한 상식을 습득하면 자랑스럽긴 했다. 하지만 수능 공부나 취직엔 도움이 되지 않았다. 적성과 흥미를 고려한 진로 설계도 사치였다. 매일 동생들을 돌보랴 이모들을 거들랴, 반복되는 일과에 치였더니 어느새 몸만 쑥 커버렸다. 청소년인 내가 성인의 책임을 앞두었을 때 과연 현실적인 선택은 무엇일까. 매일 밤을 뜬눈으로 지새웠다.

학교에 가면 부모님의 잔소리를 불평하는 친구들이 있었다. 곧 고등학교 3학년이 되니 부쩍 어디 학과를 강요한다거나, 판검사나 공무원이 되길 기대해 부담스럽다고 말했다. 물론 그중엔 부모들의 기준이 너무 고압적인 경우도 있겠으나, 내 눈엔 죄다 배부른 투정으로 보였다. 친구들은 정 하기 싫다면 집을 박차고 나오거나 호박씨라도 까면 된다. 최소한 굶어 죽거나 혈혈단신으로 내쫓기진 않는다. 다시 찾아올 부모도 있고, 화장실을 여럿이서 나눠 쓰지도 않으며, 자신만의 방도 있다. 용돈도 몇 달에 한 번이 아니라 매주 받으니 그걸 모아 원하는 삶을 대비하면 된다. 나에 비하면 경우의 수가 충분히 많다. 그 애들은 손을 뻗으면 도와줄 곳이 있다. 그러니 어리광을 부린다. 나처럼 무엇이 도사리는지 알지도 못하는 미래에 던져지면 그럴 기회도 없다.

"10분 전. 등교 10분 전."

"선, 율. 동생들 버스 태울 시간이야. 얼른 나와."

로봇 이모가 알람을 울렸다. 막내의 양말을 신기던 이모도 우릴 재촉했다. 율이 먼저 동생들을 일렬로 세우고 준비물을 잘 챙겼는지 점검했다. 어느새 학교에 갈 시간이었다. 우리는 유치원생들을 먼저 버스에 태운 후 학교에 간다. 가방을 챙겨 현관으로 달렸다. 율의 휠체어를 밀면 노란 가방을 멘 동생들이 차례로 따라왔다. 연두색 벽과 하늘빛 지붕을 가진 건물 바깥으로 나갔다. 선우원 정문엔 쌀알처럼 흰 꽃을 흐드러지게 피울 이팝나무가 있다. 나무는 우리가 선우원 가족이 되었을 때부터 이 자리를 지켰다. 그걸 보자 무거웠던 기분이 조금은 나아졌다. 우리는 다 같이 정문을 지났다.

동네 공원 중앙에 자리한 천연기념물에서 종자를 얻은

이팝나무는 백오십 살을 살았다. 철만 되면 영혼처럼 뽀얀 꽃이 풍성했다. 선우원 앞마당에 그 나무의 자식인 묘목들이 즐비했다. 줄기마다 아이들 각자의 이름이 붙었다. 선우원에 처음 입소한 아이들은 새 환경을 낯설어한다. 잠시 캠프를 왔다거나 곧 원래 집으로 돌아가리라 생각하며 적응을 미룬다.

하지만 계절이 하나둘 지나며 더 이상 가족들이 날 찾지 않음을 인정하는 순간이 온다. 방은 내 의지와 상관없이 해마다 바뀌며 밥이나 취침 시간은 규칙을 따라야 한다. 엄마라고 부를 사람은 없고 이모들도 자주 바뀐다. 그걸 뼈저리게 깨달을 즈음 아이들은 화단 귀퉁이를 선물 받는다. 나무들의 숫자는 여길 지난 인연들의 수이다. 아이들은 어린 이팝나무 가지나 꽃 화분을 선택하고 이름을 새긴다. 제 이름을 단 식물 앞에서 처음 배우는 건 체념이다. 옛 가족을 잊고 새로운 사람들과 가족을 이루어야 한다는 사실을 받아들인다. 그때 우리는 무엇을 가족이라 부를지 재설정해야 한다.

오늘은 날씨가 화창했다. 1분 정도 기다리자 유치원생들을 태울 노란 승합차가 도착했다. 나는 아이들을 마중 나온 선생님께 인사를 드렸다. 선생님은 동생들을 안내하고 화답했다. 난 손을 흔들었다.

"잘 다녀와."

막내들이 모두 떠난 후 남은 애들은 무리 지어 사거리 공원까지 갔다. 커다란 이팝나무 앞에서 헤어져 각자의 학교로 향했다. 초등학생들은 오른쪽 길가의 학교로, 중고등학생들은 두 블록 너머의 학교로 간다. 선우원 아이들은 대부분 같은 학교에 다닌다. 등하굣길엔 누구나 우리를 마주칠 수 있다.

　학교를 오고 갈 땐 우리만의 약속이 있다. 무조건 두셋이 만나 함께 다니는 것이다. 우릴 뒤쫓아 와 선우원 애들 지나간다며 조롱하는 덜떨어진 종자들이 반에 한둘은 꼭 있기 때문이다. 그런 애들은 우리가 모여 있으면 기세가 죽는다. 그래서 집으로 오갈 땐 반드시 친구와 붙으라고 교육받았다. 뭉치면 살고, 흩어지면 죽는다. 이 명언이 우리의 가훈이었다.

　또, 우리는 어릴 때부터 태권도를 배웠다. 다들 최소 품띠나 1단을 땄다. 누구도 함부로 우릴 무시할 수 없도록. 율은 직접 수련할 순 없었지만 그 애가 원할 경우 언제나 도장에 있었다. 율은 비열한 애들에게 자주 표적이 되었다. 도드라진 신체와 얄미운 성격이 한몫했다. 하지만 의지로 바꾸지 못하는 선천적 성질을 다짜고짜 놀리고 차별하는 애들이 이유를 불문하고 더 저열했다. 난 그때마다 걔네를 쫓아가 이를 부숴주었다. 태권도 사범님의 가르침 덕택이었다.

지금도 기억나는 장면이 있다. 한창 율을 괴롭혔던 애들을 혼내주는데 담임 선생님이 날 호출했다. 그 못난이들이 치사하게 부모님을 부른 거였다. 한껏 차려입은 부모를 대동한 멍청이들은 치마폭 뒤로 숨었다. 걔들은 고개만 내밀며 턱을 치켜들었다. 일대일로 붙으면 찍소리 못할 놈들이 아니꼬웠다.

덩치 큰 어른들은 날 앞에 세운 채 고래고래 소리를 질렀다. 내용은 다 기억나지 않는다. 기억할 만한 가치도 없다. 다만 선생님의 얼굴에 난색이 번지며 나더러 사과하라 종용하던 모습은 선명했다. 선생님은 일을 키우고 싶지 않아 했다. 네가 저 애의 얼굴에 상처를 냈으니 사과하라고 말했다. 저 애들이 율의 존재에 상처를 낸 건 일언반구 않으면서. 난 분해서 입을 꽉 다물었다. 어른들이 날뛸수록 나는 고집을 피웠다. 마치 독립투사처럼 홀로 어금니를 깨물었다. 그때였다. 율이 휠체어를 끌어 교무실로 쳐들어왔다. 난폭한 바퀴 소리가 복도를 채웠다. 그 애는 문턱을 넘자마자 외쳤다.

"쟤들이 저한테 뭐라고 했는지 아세요? 가정교육을 제대로 시켰어야죠."

율은 그 애들이 한 졸렬한 말을 까발렸다. 교무실의 모든 사람이 그 말을 들었다. 부모들의 얼굴이 시뻘겋게 변했다. 누가 봐도 율의 다리는 인어처럼 미끈했다. 무례한

쪽이 누구였느냐 하면 백이면 백 같은 답을 할 수 있었다.

"장애인을 장애인이라 하지 그럼 뭐라고 하니…."

치졸한 부모 몇이 이렇게 중얼거렸지만 이미 판도는 바뀌었다. 전후 사정을 들은 다른 반 선생님들까지 가세하자 결국 그들은 꼬리를 내리고 돌아갔다. 우리의 첫 승리였다. 그 후 별다른 징계 없이 사건은 마무리되었지만 어미 아비 없는 자식들이란 험담을 들었다. 뭐, 이모들을 호출할 필요는 없어서 다행이었다. 어차피 부모 없는 아이인 건 사실이니까. 어쩌라는 건지 내 참. 일러바치면 달려올 부모가 있으면서도 몰상식한 그 애들이 솔직히 더 쪽팔렸다. 열 명의 이모와 사십 명의 친구들, 로봇 이모, 이팝나무와 사는 우리가 부끄러울 일은 아니었다.

여하튼 학교에 익숙해지면서 율은 보육원에서의 본성을 드러냈다. 절 괴롭히는 애들의 발등을 휠체어로 찍거나 그대로 받아버렸다. 하룻강아지 범 무서운 줄 모르던 애들은 조용해졌다. 본래 인어증후군은 90일도 못 사는 병이다. 그걸 이기고 십여 년 이상을 선우원에서 단련한 율은 보통 아이가 아니었다. 온실 속 화초들이 상대를 잘못 골랐다. 이후로 애들은 율을 가만히 두었으면 두었지 해코지는 꿈도 못 꾸었다. 율과 내가 애증의 단짝이 될 수밖에 없었던 이유다. 평생을 이런 애와 살면 미운 정고운 정이 다 든다. 일종의 전우애였다.

"너 생일 선물 정말 그 휴대폰으로 할 거야? 존나 못생 겼던데. 단종 직전이라며. 무리해서라도 최신형 사달라 그래."

"낯짝이 글케 두껍냐. 이것도 감사해야지. 레트로가 유 행인 거 몰라? 취향 존중 좀."

"구린데. 그런 거 들고 다녀서 뭐하게."

"독립하면 자유인이지. 유튜브도 맘껏 보고, 친구들한 테 전화도 하고, 메시지도 보내고."

"너 친구 없잖아."

"꺼져."

"엄마도 없고."

"지는."

율이 낄낄댔다. 이렇게 산통을 깨는 율만 아니면 제법 괜찮은 등굣길인데.

이번 생일 선물로 이모들은 돈을 모아 내게 휴대폰을 선물해주기로 했다. 율은 원에 더 남을 테니 독립이 예정 된 내가 먼저 휴대폰을 받는다. 율은 그걸 내심 질투하는 게 분명하다. 저렇게 빈정대는 걸 보면 말이다.

이모들은 미리 내게 카탈로그를 건네었다. 그중 고심 하여 손바닥만 한 기계를 하나 골랐다. 비록 유행에 뒤처 진 구식 디자인이었지만 펜도 달렸고, 사진도 잘 찍혔다. 생애 처음으로 가지는 나만의 휴대폰이었다. 보육원에서는 공용 폰을 돌아가며 30분씩만 사용했기 때문에, 언제나 자신만의 휴대폰을 가진 또래 애들이 부러웠다. 내 휴대폰은 이모들이 젊을 적 사용하던 기종과 닮았다. 그것도 나쁘지 않았다. 이모들의 역사를 물려받는 느낌이니까. 생일 선물은 따로 예산이 책정되지 않는다. 그래서 독립 예정자의 경우 이모들이 최대한 사비를 모아 장만한다. 가격대에 맞는 물건을 수소문하고, 통신비와 사용법을 알아봤겠지. 그런 이모들의 노력을 머릿속에 그리면 가슴 한쪽이 시큰했다. 휴대폰이 있으면 언제든 선우원 가족들의 목소리를 들을 수 있다. 율은 내가 저보다 휴대폰이 일찍 생기는 게 영 부러운지 등굣길 내내 깐족거렸다.

"휴대폰 있어도 무슨 소용이야? 너 모태솔로잖아. 애인도 없으면서."

"너보단 연락할 사람 많으니 신경 꺼라."

"야. 나도 폰 생기면 번호 저장할 거지?"

"너 하는 거 봐서."

"페북 추가도 해."

"네가 뭐가 이쁘다고."

나는 율의 휠체어를 힘껏 밀어 교실로 보내면서 걔의 뒤통수를 손바닥으로 때렸다. 내가 잽싸게 도망치자 등 뒤로 율의 욕설이 들렸다. 그래도 괜찮았다. 어차피 수업이 끝나면 다시 복도에서 만날 거고, 그때 즈음이면 기껏해야 떡꼬치를 먹을지 닭강정을 먹을지 토론하느라 방금 싸운 건 깡그리 잊을 테니까.

담임 선생님을 기다리는 동안 이번 생일이 선우원에서의 마지막 이벤트라는 생각이 들었다. 실감하고 싶지 않아도 마지막이라는 단어는 가슴이 아렸다. 바깥에서는 맑은 꽃잎들이 한들거리는데 벌써 겨울인 양 착각이 들었다. 내년이면 동생들의 울음소리도, 이모들의 잔소리도, 로봇 이모들이 내는 소음도, 율이 시비를 걸던 말투도 다 그리울 테지. 그런 생각을 하자 괜히 콧날이 시큰했다. 조회 시간 내내 생일을 어떻게 기념할지 고민했다. 가족 모두에게 편지를 돌리고 싶었다. 카드 귀퉁이에 새 휴대폰 번호를 적고, 생일 노래가 끝나면 그걸 주는 게 어떨까. 언제든 보고 싶으면 전화하라고 말해야지. 멀리 있어도 너희를 생각하리라 약속해야지. 어른이 되어야만 하는 계절의 직전, 난 이런 낭만이라도 꿈꾸고 싶었다. 반은 심정을 포장하려 애쓴 것이고 반은 진심이었다.

✳

율과 나는 베이비박스 출신이다. 난 한 살 때 엄마가 내 옆구리를 칼로 찔러 이곳에 왔다. 아직 갈비뼈 부근에 나뭇가지처럼 들쭉날쭉한 자상이 있다. 그런 채로 쓰레기 더미 사이 방치된 채 발견되었다. 병원에서도 이렇게 어린 신생아가 상처를 입은 건 처음이라 했다. 엄마의 얼굴은 기억나지 않는다. 어디 수감되었다가 정신병동을 전전한다는 소문만 들었다.

율은 일곱 살에 이팝나무 옆 베이비박스에서 발견되었다. 이미 상자에 담기긴 너무 컸지만 율은 팔짱을 낀 자세로 그 속에 몸을 욱여넣었다. 어른들이 깜짝 놀랄 정도로 태연했다. 율은 하나로 붙은 다리만 상자 바깥으로 늘어뜨리고 자신을 데려갈 사람들을 기다렸다. 아직 겨울이라 나무는 앙상했다. 바람이 불면 눈송이만 꽃잎처럼 흩날렸다. 율은 그 장면을 구경하다 잠이 들었다.

율과 나는 어머니들의 손에 버려졌다. 아버지들의 기록은 없다. 우리가 자란 환경도 비슷했다. 선우원은 삼촌들의 역할이 그다지 크지 않다. 어떤 삼촌이 아이들을 상대로 몹쓸 짓을 하다 발각된 후론 안전상의 문제로 삼촌들을 뽑는 걸 꺼렸다. 선우원의 직원 열 명 중 한 명만 삼촌이다.

반면 이모들은 우리 삶에 필수적이다. 이모들의 역할은 다양하다. 식당에서 배식을 담당하는 이모, 청소를 해주는 이모, 생활을 관리하는 이모, 학습과 성경 공부를 가르쳐주는 이모, 도서관과 심리치료실을 돌보는 이모,

예산을 계획하는 이모, 영유아 방에서 분유를 먹이고 안아주는 이모, 운전하는 이모 등등. 잘 설명할 순 없지만 이모들의 부재는 재앙이다. 존재적 재앙 말이다. 베이비박스에 버려진 우리를 이모들이 거두었고, 이모들이 키웠다. 우리는 이모들의 보호를 받는다.

보육원에 온 첫날부터 율은 애들에게 미운털이 박혔었다. 해괴한 외모도 외모였지만 자존심 세고 거만한 성격 때문에 더했다. 그 애는 눈칫밥을 많이 먹고 양보를 미덕으로 교육받은 이곳 아이들을 자극했다. 여기선 다들 조금이라도 더 이모들의 사랑을 얻으려 안달이다. 그런데 율은 자신이 남들과 다르다는 걸 강조하며 콧대를 높였다.

"우리 엄마는 반찬도 맨날 여섯 가지 이상을 차려줬어. 머리도 세 갈래로 땋아주고, 여름마다 놀이공원이랑 워터파크에 데려갔어. 매달 제일 예쁜 새 옷을 두 벌씩 골라 옷장에 넣고 원하면 무엇이든 입을 수 있게 해주셨지. 다음 해 방학에는 더 좋은 집으로 이사할 거야. 그때까지만 여기 있을 거야. 형편이 나아지면 날 데려가신다고 했거든."

물론 다 거짓말이었다. 그게 진실이라면 수술비 부족을 이유로 그 애를 이곳에 보낼 필요가 없었다. 우리는 그걸 다 알았지만 처음부터 진실을 지적할 수는 없었다. 어쨌든 그 애도 평생 우리와 살게 될 테니까. 이 애가 납득할 순간까지 기다려주어야 했다. 율과 가족이 된 초반엔 모두 친절히 대하려 애썼다.

하지만 그럴수록 율은 기고만장했다. 남들이 제 시중을 드는 건 당연했고 원하는 걸 들어주지 않으면 누워 발버둥을 쳤다. 율이 난동을 부리는 모습은 꼭 도마 위에서 튀어 오르는 생선 같았다. 안하무인 격으로 울고 떼쓰는 율에게 우리는 점점 질렸다. 그 애는 동생들에게도 폭언을 서슴지 않았다. 이모들에게도 바락바락 대들었다.

"집으로 돌아가는 애들은 얼마 없어. 너도 여기서 평생 살 운명이야."

결국, 율의 방종을 보다 못한 내가 이렇게 현실을 알려주었다. 그러나 율은 귓등으로도 듣지 않았다. 나날이 성미만 고약해졌다. 율이 집 안에 있는 물건을 이리저리 던져 화분을 깬 날, 우리는 결국 그 애를 1층 양곡창고에 가뒀다. 그곳은 쌀이나 식료품을 보관하는 곳이었다. 새하얀 페인트칠이 된 문과 손바닥만 한 환풍구가 전부였다. 전구의 필라멘트가 낡아 불빛이 깜박거렸다. 빛보다 그림자가 많은 창고 안은 퀴퀴한 냄새가 풍겼다. 감옥이나 토굴처럼 축축하고 음산했다.

하지만 율은 끄떡없었다. 오히려 그 안에서도 휠체어를 들썩이며 문을 차고 소리를 질렀다. 바퀴로 쌀포대를 뭉개 터뜨리기도 했다. 제풀에 지친 건 우리 쪽이었다. 보통은 창고에서 한두 시간이면 차분해지기 마련인데, 반나절이나 기죽지 않고 씩씩댄 건 율이 처음이었다. 이모들은 혀를 내두르며 독방에서도 승복하지 않은 이 투사를 꺼냈다. 그 애는 방구석에 웅크려 죽은 듯 잠을 자곤 다음 날 본래의 괴팍한 성질로 돌아왔다.

이모들이 최종적으로 선택한 대안은 동갑내기인 나와 율을 단짝으로 맺어주는 것이었다. 한 살 때부터 선우원에서 자란 나는 이미 보육원의 터줏대감이었다. 중간에 들어와 부모가 보고 싶다며 징징대는 애들과 달리 난 이모들을 친엄마처럼 따랐다. 매번 바뀌는 환경도 익숙했다. 사람들이 원하는 행동을 눈치 빠르게 해내는 아이기도 했다. 다른 어디보다도 선우원을 편안하게 여겼다. 이곳 외의 가정이 어떤지 몰랐으니까. 이모들은 율을 나랑 붙여놓으면 조금이라도 그 애를 길들일 수 있다고 생각했다. 친구 따라 강남 간다는 말처럼 율이 적응하길 바랐다. 작전은 반만 성공이었다. 율도 선우원에 익숙해졌지만 나도 율을 닮아 내면의 심술을 깨웠기 때문이었다.

어릴 적 내 눈에 율은 정말 꼴통이었다. 이모들을 힘들게 만드는 주범은 꼭 걔였다. 나는 그때마다 이모들이 떠날까 봐 불안했다. 이미 이곳 생활이 고달프다며 떠난 이모들을 여럿 경험한 터였다. 율은 특히 목욕 시간마다 매일 난리를 피웠다. 우리는 시간 절약을 위해 두셋이 함께 씻는 게 원칙이었다. 그런데 율은 자신의 다리를 핑계 삼아 꼭 혼자 들어가겠다고 우겼다. 안 그래도 바쁜 이모들은 저녁마다 고생했다.

처음 몇 번은 이모들도 율의 요구를 들어주었지만, 씻기고 재워야 하는 아이들이 여덟은 더 있는 상황에서 언제까지나 그럴 수는 없었다. 보육원의 삶은 한 명 한 명 원하는 걸 맞춰줄 수 있을 만큼 호락호락하지 않았다. 매시간 처리해야 할 일들이 산더미였다. 율처럼 구는 건 모두에게 피해가 갔다. 이모들은 여러 번 율에게 다른 친구들과 함께 씻으라고 권했다. 율은 완강히 거부했다. 이모들은 인내심을 발휘하여 최대한 완곡하게 율을 타일렀다.

"그래도, 네가… 그러니까… 누군가가 도와주는 편이 낫지 않겠니?"

"뭐가 그런데요? 싫어요, 필요 없어요. 혼자 할 수 있어요. 스스로 할 거예요."

"괜히 떼쓰지 말구. 다들 너랑 친하고 싶어 해. 그 애들의 선의를 받아들이렴."

"웃기지 마요. 죄다 날 싫어하는 건 뻔히 알아요. 그리고 난 걔들과 친하기 싫은데요? 왜 달라고 하지도 않았는데 주는 것에 감사하라 강요하죠? 그런 척하기도 싫어요!"

"이모들이 말하면 좀 들어! 다 널 위한 얘기야. 우리 원에선 이게 규칙이고. 넌 친구들과 함께 씻어야 해. 그리고 다른 애들에게도 마음을 열어봐."

"그럴 바엔 똥통에 얼굴을 박고 죽는 편이 나아요!"

율은 제 특기대로 바닥에 누워 고래고래 소리를 질렀다. 그땐 이미 밤 10시였다. 난 먼저 샤워를 마치고 이부자리를 펴놓았었다. 빨리 이모에게 깔끔한 자리를 칭찬받고 노곤한 몸을 누이고 싶었다. 그러나 저 소란은 도무지 끝날 기미가 안 보였다. 율은 내가 본 사람 중 최악의 말썽꾸러기였다. 이번에야말로 이모가 단단히 혼쭐을 내주었으면 했다. 하지만 이모는 난감한 얼굴로 쩔쩔매기만 했다. 난 몰래 거실로 나갔다.

욕실 앞에서 실랑이하는 이모와 율이 보였다. 이모는 그사이 10년은 더 늙었다. 율은 머리끝까지 시뻘게져 악을 쓰고 있었다. 난 창밖으로 눈을 돌렸다. 전날 내린 비로 마당이 질펀했다. 홧김에 양동이를 들고 그곳으로 달려갔다. 안에 흙을 가득 퍼 담았다. 빗물과 먼지 냄새가 뒤섞였다. 양손으로 무거운 통을 질질 끌고 돌아왔다. 난 그걸 냅다 율에게 끼얹었다.

"선! 이게 무슨 짓이니?"

이모가 비명을 질렀다. 난 반 통 넘는 흙을 그 애에게 다 부었다. 날벼락을 맞은 율은 석고상처럼 굳었다. 그

38

애가 드디어 입을 다문 게 만족스러웠다. 이제 모두가 평
온한 밤을 맞을 수 있었다. 뿌듯한 마음으로 내 머리 위
에도 남은 흙을 뿌렸다. 우리는 이팝나무 묘목처럼 보였
다. 이모는 경악하며 우리 둘을 번쩍 들어 욕실에 집어넣
었다.

"너까지 왜 이래. 둘 다 당장 씻고 나와!"

으름장을 뒤로하고 문이 쾅 닫혔다. 흙투성이가 된 율
은 어안이 벙벙한 얼굴로 날 보았다. 나는 능숙하게 샤워
기를 꺼내고 수도꼭지를 돌렸다. 율은 주변을 둘러보더니
이곳이 어디인지 깨닫자마자 입을 크게 벌렸다. 그 애가
소리를 꽥 지르려고 해 나는 한발 빨리 웃통을 홀렁 벗었
다. 율은 입을 벌린 채로 정지했다. 내 몸을 가로지르는
상처를 보았기 때문이었다. 살을 들쭉날쭉하게 꿰맨 자국
은 제멋대로 부러진 가지처럼 생겼다. 난 얼른 물을 끼얹
었다.

몸을 아무에게나 보이기 싫은 건 그 애만이 아니었다.
나는 수건에 비누를 묻혀 내 몸 구석구석을 밀었다. 머리
카락과 피부에 엉긴 흙 알갱이들은 잘 닦이지 않았다. 도
움이 필요했다. 난 그 애에게 다른 수건을 내밀었다. 율은
그걸 받아 들었지만 어떤 행동도 하지 않았다. 난 한숨을
쉬며 다시 등을 돌렸다. 홀로 꿋꿋이 몸을 닦았다. 물을 틀
자 발 아래로 시커먼 구정물이 흘렀다. 옆구리부터 가슴

까지 이어진 자상이 더 선명하게 드러났다. 율은 묵묵히
내 행동을 지켜보았다.

"심술에는 심술이 특효약인가 봐."

"언니들 머리에 똥 쌌어? 냄새 지독해."

문 너머로 이모들이 수군대는 소리와 동생들이 까르르
놀리는 목소리가 들렸다. 나는 개의치 않고 계속 몸을 씻
었다. 비누칠을 해도 흔적들은 옅어지긴커녕 윤곽을 깊이
했다. 율은 갓 발굴된 선사시대 토기 같은 몰골이었다.
휠체어도 엉망이었다. 닦으려면 시간이 꽤 걸릴 것이다.
이모들도 그때까지 잠들 수 없을 테니 따로 사과는 해야
겠다고 생각하며 머리카락을 헹구려 고개를 숙였다. 그때
무엇인가 등에 닿았다.

얇은 수건이었다. 그 옆으로 나뭇가지의 끄트머리처
럼 튀어나온 율의 손톱이 닿았다. 그 애는 우둘투둘한 자
국을 따라 손가락을 천천히 움직였다. 채 훑어내지 못한
흙알갱이와 거품들이 긁혔다. 간지러웠다. 난 계속 몸을
문질렀다. 율은 내 상흔이 살아 있는 생물이라도 되는 양
조심스레 건드렸다. 균열 난 흔적들을 죄다 만졌다. 그
후 조용히 대야에 물을 받았다. 율은 물속에 제 얼굴을
묻었다. 그 애가 숨을 내쉴 때마다 보글보글 거품이 올라
왔다.

난 뒤돌아 고개 숙인 그 애의 머리를 감겼다. 머리카락

40

에 굳은 흙을 한 올 한 올 떼어냈다. 육지로 막 올라온 인어처럼 그 애의 머리털은 엉망이었다. 물 온도를 따스하게 맞추어 율의 귓등부터 꼼꼼히 씻겼다. 그 애의 정수리, 뺨, 뒷목, 날개뼈를 차례차례 헹구었다. 다리와 발목은 마지막이었다. 율의 하체에도 나와 비슷한 자국이 많았다. 비늘처럼 튼 살결은 거칠었고, 눈꺼풀엔 흙이 말라붙었다. 그 속눈썹 위를 살살 문질렀다.

그래도 율은 날 보지 않았다. 그저 울음이 날 때마다 대야에 코를 박았다. 그 편이 숨이 잘 쉬어지겠지. 흙탕물은 개수구로 쓸려 내려갔다. 처음 만진 그 애의 다리는 둥글고 물렀다. 거품칠을 하면 반짝반짝 빛나 이 애가 인어라는 게 조금은 믿어졌다. 나무껍질처럼 거친 표피를 가진 인어였다. 샤워가 끝났을 즈음 우리의 눈두덩이도 불었다. 이모들은 자는 내내 얼린 숟가락을 눈꺼풀에 대는 걸 추천했다. 덕분에 동생들에게 울트라맨이라는 놀림을 받으며 잠들었다.

그 후 목욕 시간이면 율과 나는 함께 씻었다. 아이들은 꽃의 흔들림이나 비스듬히 내리쬐는 햇살, 과자에 들었던 스티커의 금박, 손톱을 물들인 봉숭아 잎, 비눗방울에 비친 무지개, 인어라는 상상, 그따위 것들을 제외하면 다 잊어도 좋다고 여긴다.

다음 날 율은 자신의 첫 이팝나무를 심었다.

2장
———

우물을 찾아 헤매는 늦봄

모든 부모는 끔찍하다. 아이들이 제 부모에게 무조건
적인 사랑을 바치기 때문이다. 사람들은 모성애, 부성애
가 얼마나 아름답고 강한지는 알지만 아이들이 얼마나
어른들을 사랑하는지는 잘 모른다. 이유 없이 사랑을 바
치는 대상만큼 강력한 건 없다. 사랑은 상대가 자신의 삶
을 송두리째 휘두르도록 만든다. 어른들에 비해 아이들은
사랑할 사람을 곧바로 알아본다. 아이들은 금방 사랑에
빠지기에 어른들보다 취약하며 그리하여 제정신으로 살
아간다.

보육원 5층 도서관에 가려는데 복도에서 이모와 삼촌
이 다투는 소리가 들렸다.

"아니 그러니까 노조 일을 하는데 왜 김 팀장이 위원장을 맡느냐고요."

"말씀드렸지 않습니까. 아무래도 전문성이 중요한 영역이고…."

"전문성이면 우리 쪽 윤 보호사가 제격이죠. 제일 이 판에 오래 붙어 계셨던 분인데, 누가 그분보다 전문성이 있어요?"

"그거랑 이거는 다르다고 몇 번이나 말했잖습니까. 답답하네, 정말. 여자들끼리 하면 내 장담하는데 1년도 못 가요."

"그쪽 이미 재단 측으로 돌아섰다는 소문이 파다한 거 몰라요? 여편네들이라고 우습게 보지. 알 사람은 다 아니까 조심해요. 난 경고했어요. 우릴 위하는 척하며 감시해서 꼰지르는 거 모를 줄 알아? 윗선에 누구누구 왔다 가는 거 본 사람들 많아요. 여기 눈이 몇 개인데."

두 사람이 이렇게 감정을 고조시키는 건 보기 드문 일이었다. 가끔 주변을 둘러보며 목소리를 죽였지만 얼마 못 가 다시 언성이 높아졌다. 둘 다 한바탕 하고 싶은 걸 꾹 참는 눈치였다. 삼촌은 허, 참, 하며 혀를 차다 후회하지 말라는 엄포를 놓곤 사라졌다. 이모는 빨랫감을 양손으로 당겼다 놓으며 화를 삭였다. 두 사람 다 기분이 썩 좋아 보이진 않았다. 나는 복도로 지나가길 포기했다.

방으로 돌아오자 나처럼 할 일 없는 로봇 이모가 멍청히 거실을 돌아다녔다. 바닥에 누워 로봇 이모에게 말을 걸었다.

"이모, 심심해요."

"결괏값이 입력되지 않은 명령어."

"뭐 할 만한 거 없어요?"

"'할 만한 거'를 검색합니다. 사용자의 연령에 맞는 기능으로는 끝말잇기, 영어단어 암기, 속담 맞추기, 지뢰 찾기가 있다."

"다 별로인데. 더 재미있는 건?"

"'재미'를 검색합니다. 재미있는 랩을 들려준다."

로봇 이모의 모니터에 음표 모양이 뜨더니 북치기 박치기 하는 비트박스가 흘렀다. 나는 하품을 하며 바닥을 굴렀다. 저건 이미 골백번도 넘게 본 기능이었다. 어째 로봇 이모는 자동 업데이트도 없는 모양이었다. 어미도 반말이었다 높임말을 썼다 엉망이었다. 로봇 이모는 길이가 1분에 달하는 랩을 읊으며 빙빙 돌았다. 나는 옆을 지나는 로봇 이모를 슬쩍 발로 밀었다. 차디차고 하찮은 금속성 기운만 느껴졌다. 무감각한 로봇 이모는 아무런 반응도 없었다.

솔직히 정문의 이팝나무가 로봇 이모들보단 더 엄마다웠다. 그 곁을 지나면 나뭇잎과 가지가 흔들리고, 수많은 벌레와 새들이 나무를 오가며 꽃을 피운다. 로봇 이모에게는 영혼의 자취가 없다. 아무래도 나와 동류라곤 느껴지지 않았다. 로봇 이모에게 말을 걸면 걸수록 공허했다. 가끔 너무 속이 탄 나머지 로봇 이모에게 비밀 얘기를 했는데, 그들은 반복해서 '알았다'는 말만 했다. 어떤 상황이든 똑같은 어조로 말이다. 내 경험을 조금도 상상하지 못하는 창백한 얼굴이었다. 가끔은 '화이팅', '힘내' 같은 말도 읊지만 기성품일 뿐이었다.

돌봄이란 대체 무엇일까? 로봇 이모들처럼 밥을 주고, 옷을 챙기고, 좋은 말을 건네고, 공부를 시키는 것만으로는 채워지지 않는 무언가가 있었다. 난 대체 무엇을 더 원하는 걸까? 로봇 이모들은 자신이 우릴 돌본다는 생각은 할까? 보람이나 뿌듯함이라도 느낄까? 사랑은? 돌봄을 역할로 부여받은 로봇 이모가 어떤 경험을 하는지 나도 알 길이 없었다. 세상에 돌보기 위해 태어난 것들이 있나? 그것들의 운명은 어떻게 정해지나? 로봇 이모의 텅 빈 눈동자를 응시했다. 난 매번 무언가를 간절히 원했지만 대체 무엇을 얻어야 하는지는 몰랐다. 로봇 이모를 볼수록 허전하기만 했다.

율은 반대였다. 애먼 사람들보다 로봇 이모들이 훨씬 좋다고 했다. 로봇 이모들은 적어도 자신을 항상 일관된 표정으로 바라보니까. 율은 누군가를 만날 때 그에게 어떤 감정이 스치는지 놀랍게도 빨리 알아차렸다. 상대의 반응은 보통 과도한 연민이나 불쾌감, 둘 중 하나였다. 전자는 영화나 텔레비전에서 본 안타깝고 기구한 스토리를 떠올리며 한없이 율을 가엾게 여긴다.

문제는 상대의 감정과 공명하지도 않는 과잉된 눈물과 친절로 그걸 해소하려 한다는 거다. 동정심을 가진 자신에게 취할 뿐이다. 율이 어떤 삶을 사는지 묻지도 않은 채 환상 속의 율을 측은히 여기는 건 이기적이고 자기중심적이다. 그들의 눈엔 율이 율로 비치지 못한다. 율이 쩔고 까불고 패악을 부릴 때의 인간적인 면은 용납하지 않는다. 그래야만 자신의 비탄이 완성되기 때문이다. 그런 이들을 만나면 율은 매몰차게 내치지는 못하지만 똥씹은 표정이 된다.

"몇 번이나 데었어. 그런 사람들은 내가 호의를 거절하면 돌변하거든."

율이 위선자들을 싫어하는 이유였다.

대놓고 불쾌감을 표현하는 부류의 무례함은 말할 것도 없었다. 율은 그런 사람들은 아예 상종하기 싫어했다. 이 세상에 율 같은 사람이 있다는 걸 모를 수는 있고, 낯설고 놀라울 수도 있다. 그러나 그걸 인정하기보다 상대를 부정하고 폄하하는 사람들. 제 얄팍한 세계를 지키고자 경계에 자리한 모든 존재를 지우는 사람들. 율은 그런 사람들이야말로 무식하기 그지없다고 표현했다.

"무지도 죄야. 자신이 무지하다는 사실에 무지한 것도
죄고."

율은 이런 말로 스스로의 자존심을 지켰다.

나는 다시 로봇 이모를 불렀다. 개인 기록장을 펴달라
고 했다. 곧 로봇 이모의 눈이 번뜩이더니 벽에 흰 스크
린이 펼쳐졌다. 일종의 개인 일기장이었다. 페이지를 원
하는 방식으로 꾸미고 말을 녹음하면 글이 써진다. 율은
조개, 진주, 불가사리, 거품, 산호 모양의 스티커로 페이
지를 꾸몄다. 그러나 한 번도 일기를 쓰진 않았다.

반면 난 무엇도 붙이지 않은 공백으로 두었다. 대신 이
렇게 아무도 없는 날 기록을 했다. 하얗게 번쩍이는 화면
을 보며 오늘 하루를 되새겼다. 처음엔 오늘 무얼 먹었
고, 무슨 일이 있었고, 로 시작했다. 내가 읊는 내용이 벽
에 글자로 나타났다. 그건 점점 불안한 내일, 숨 막히는
매일, 막막한 미래에 대한 이야기로 이어졌다. 이곳을 떠
나면 어디로 갈지 모르겠다, 그 얘기가 스크린에 빼곡했
다. 눈물은 나지 않았다. 하지만 털어놓고 싶었다. 그러지
않으면 끝없이 가라앉을 것만 같았다.

로봇 이모는 어떠한 말도 덧붙이지 않았다. 그곳엔 나
의 패턴만 존재했다. 개인적인 고민과 투정들은 어느새
이모와 동생들을 향한 걱정과 세상에 대한 원망으로 번

졌다. 나는 벽 한 칸이 다 찰 때까지 말을 쏟았다. 어디서 이 말들이 다 태어났을까. 로봇 이모는 무엇도 비치지 않는 얼굴로 날 바라보았고, 난 내가 뱉은 글자들 사이에서 어렴풋이 다른 사람의 얼굴을 연상했다. 축축하게 젖은 붉은 눈동자. 그 눈동자가 박힌 흰 얼굴이었다.

갑자기 빼곡한 나의 말들이 미웠다. 어른이 되어 누구도 사랑할 수 없는 세상에 던져지면 어쩌지. 그 눈동자는 내 공포를 상징했다. 나는 로봇 이모에게 화면을 죄다 지워달라고 부탁했다. 로봇이 눈을 깜박였다. 내 이야기가 순식간에 증발했다.

그때 율이 문을 쾅 열어젖혔다. 나는 빽 소리를 질렀다. 하마터면 청승 떠는 장면을 들킬 뻔했다. 정말 이곳에 프라이버시라곤 없었다. 짜증이 치솟았다. 그런데 율은 아랑곳하지 않고 내 소매를 끌었다.

"이모들이 와보래."

"왜? 또 누가 사고 쳤어?"

삼촌에게 성을 내던 이모가 떠올랐다. 혹시 무언가 탈이 났을까 싶어 겁이 덜컥 났다. 이렇게 갑작스러운 호출은 보통 나쁜 일이었다. 학교에서 전화가 왔거나, 누가 말썽을 부려 신고 당했거나, 학원에서 잘렸거나, 방문자들과 시비가 붙었거나.

내가 바싹 긴장하자 율은 행동을 재촉하며 등을 두드

렸다.

"그런 거 아니야. 연말 공연 때문에 상의할 게 있으시 대. 시간 없으니까 빨리 가."

율의 대답에 나는 약간 안도했다. 호출을 받고 제일 먼저 든 생각이 노파심이라니. 민망해라. 하긴, 살면서 즐거운 상상보단 불안한 가능성을 떠올리는 게 쉬웠다. 이번은 아니라니 다행이었지만.

선우원에선 연말마다 후원자와 봉사자들을 초청해 작은 행사를 열었다. 크리스마스 즈음이라 '사랑의 날'이란 이름을 붙인 행사다. 그날 모든 원의 아이들이 하나씩 장기자랑을 준비한다. 다 같이 게임을 하며 음식과 선물도 나눈다. 바깥에선 어떻게 보일지 모르지만, 우리에겐 의미 있는 날이었다.

이때만큼 누구나 주인공이 될 수 있는 순간은 드물었다. 춤, 노래, 태권도, 동화 구연, 난타, 연극, 성대모사, 리코더 연주 등. 원한다면 뭐든 해도 된다. 저번엔 여덟 살 동생이 슬라임 만들기 시연을 했고, 이모들과 막춤을 추기도 했다. 그림을 전시하거나 시를 낭독해도 된다. 자신이 참여할 수 있는 방식이면 무엇이든 가능하다. 정 무대에 오르기 싫다면 거절할 순 있지만 생애 한 번은 참여해야 한다.

그러고 나서 수많은 박수를 받으면, 너도나도 다시 주

인공이 되길 고대하게 된다. 수줍던 아이도 첫 공연 후엔 다음 무대를 기다리며 1년을 보낸다. 어려운 부분을 서로 가르쳐주며 사이가 좋아지는 애들도 있다. 어차피 방학은 무료하니까, 여름부터 준비를 시작한다. 올해는 좀 더 빨리 시작할 모양이다. 거의 반년 넘게 연말을 위해 사는 셈이다. 한 해를 마무리하는 날 어떤 주인공이 될지 구상하는 게 우리의 소일거리였다. 이번은 율과 나의 마지막 무대라 이모들이 더 신경을 쓴다고 들었다. 나는 로봇 이모가 내 이야기를 삭제했는지 재차 확인하고 율의 뒤를 따랐다. 율은 내 손을 끌고 1층 사무실로 데려갔다.

"서프라이즈!"

문을 열자 사방에서 폭죽이 터졌다. 나는 눈이 휘둥그레졌다. 어안이 벙벙한 내 앞으로 율과 이모들이 예쁘게 포장한 상자를 내밀었다. 이모들도, 율도 들떠 있었다. 그들은 다 같이 생일 축하 노래를 합창하며 박수를 쳤다. 나는 얼떨떨해 하며 선물을 받았다.

상자 속에선 최신형 휴대폰이 나타났다. 내가 신청한 기종보다 훨씬 좋은 물건이었다. 깜짝 놀라 입을 딱 벌렸다. 이모들과 율은 만족스러운 표정으로 날 보았다. 그제야 상황 파악이 되었다. 미리 받는 깜짝 선물이었다. 오늘은 주민등록상의 생일이었다. 어차피 생일은 월말에 몰아서 챙기니까 그 생일은 까맣게 잊고 있었다. 난 박수를

치는 이모들에게 달려가 와락 안겼다. 율이 싱글벙글하며
말했다.

"개부럽다."

나는 이모들을 전부 한 번씩 포옹하며 감사 인사를 드
렸다. 율에게는 뽀뽀 세례까지 했다. 율은 질색하며 정강
이를 걷어찼다. 그래도 기분이 날아갈 것 같았다. 이렇게
축하를 받으니 마음이 벅차고 기뻤다. 나는 휴대폰을 들
고 펄쩍펄쩍 뛰었다.

"주문한 물건이 일찍 왔기도 했고, 파티 날 동생들 앞
에서 주면 다들 부러워할 게 뻔하니까 미리 축하하자고
입을 맞췄지. 휴대폰 쓰는 건 다른 애들에게 비밀이다?"

손에 쥔 기기의 감촉이 믿기지 않았다. 색도 화사한 흰
색이고, 디자인도 세련되었다. 이모들은 그걸 로봇 이모
와 연동하여 활용하는 법도 알려주었다. 와이파이가 있는
곳에선 곧바로 로봇 이모를 통해 통신이 가능했다. 휴대
폰에 딸린 펜으로 글을 쓰면 편지를 전송하거나 영상 통
화를 할 수 있었다. 사진도 찍혔고 영상 편집도 되었다.
내 세계가 훨씬 넓어졌다. 난 이모들에게 연신 고마움을
전했다. 이모들은 한 가지 제안을 더 했다.

"연말 행사 얘기를 할 게 있다는 것도 사실이야. 네가
이야기를 잘 쓰잖니. 올해는 졸업도 있으니, 우리 애들이
다 나오는 대본을 쓰는 게 어때? 강당에서 연극을 하면

멋질 거야."

나는 흔쾌히 승낙했다. 연극 대본은 한 번도 써본 적
없었지만 가슴이 뛰었다. 적어도 졸업 전까지 할 일이 생
겼다. 내 이야기를 상연한다는 건 상상만 해도 멋진 일이
었다. 이모들은 도움이 될 만한 책 몇 권을 추천했다. 로
봇 이모와 블루투스로 연결해 자료들을 클라우드에 업로
드하는 법도 가르쳐주셨다. 그걸로 다 같이 대본을 공유
하면 무대를 꾸밀 수 있었다. 오롯이 24시간 전부를 휴대
폰과 함께한 적은 지금껏 없었다. 버튼을 누르고 조작하
는게 서툴렀지만 매일 조금씩 하다 보면 금방 익숙해지
겠지. 너무 기쁜 나머지 바깥을 달리며 함성을 지르고 싶
었다.

방으로 돌아가 화장실에 숨어 휴대폰을 켰다. 로봇 이
모의 서버와 연결하자 우리 가족들이 함께 찍은 사진들
을 다운로드할 수 있었다. 이모들이 차곡차곡 모아온 자
료였다. 그중 가장 마음에 드는 사진을 배경화면으로 설
정했다. 흰 이팝나무 아래에서 다 같이 활짝 미소 짓는
사진이었다.

이번 연말 공연에 어떤 이야기를 쓰면 좋을까. 선우원
의 이야기를 연극으로 만든다면. 누구도 알지 못했던 우
리만의 이야기를 쓴다면. 난 작가다운 마음으로 우리의
추억을 돌아보았다.

바깥 기준으로 볼 때 이곳은 넉넉하지만은 않다. 과자 한 쪽을 먹어도 양보해야 한다. 갖고 싶은 건 한참 기다려야만 얻을 수 있고, 백 번 노력해야 한 번 성공한다. 그건 우리를 너무 지겹고 갈급하게 만들었다. 하지만 이곳만큼 날 지켜주는 장소도 없다. 우리는 때로 안보다 바깥이 더 무섭다.

내 삶은 여러 이모의 지혜와 눈물로 이루어졌다. 명절마다 휴가를 얻어 부모님을 뵈러 가는 애들이 부러워 후원자들을 엄마라고 부른 시절도 있었지만, 내 마음속 진짜 부모는 이모들이다. 지금은 그 사실이 자랑스럽다. 보통의 아이들이 엄마를 겨우 한 명 가질 때 난 열 명도 넘는 엄마가 있다. 제각각의 방식으로 나를 사랑하려 노력하는 엄마들 말이다.

학교에서 친구와 싸웠을 땐 어떻게 해야 하는지, 저축은 얼마만큼 필요하고 빨래와 설거지는 어떻게 하는지, 우편과 택배는 어떻게 보내는지, 남과 다른 삶이 고통스럽고 아플 땐 어떻게 마음을 다잡는지…. 하나를 고민하면 열 명의 이모들이 답을 준다. 답변 또한 가지각색이라 동시에 열 가지를 배울 수 있다.

평계를 대자면 내가 공부에 흥미가 없는 것도 이 탓이다. 이미 이모들로부터 충분한 지식을 얻었는데 무슨 공부가 더 필요할까. 교과서보단 이모들이 삶에서 가르친

지혜들이 유용했다. 때로 어떤 작가들의 책은 온갖 현학적인 머릿속 생각을 풀지만 삶에 대한 진짜 이야기는 발설하지 않는다. 방구석에 가만히 앉아 만든 이야기니까 그렇다. 만약 이모들이 작가였다면 훨씬 다른 이야기책들이 가득했을 거다.

내 가족은 아웅다웅하다 피 터지게 싸우는 때도 있다. 그 정도는 누구나 겪는 일이다. 그게 매일 불행하단 증명은 아니다. 하지만 내가 선우원 출신임을 밝히면 사람들은 내 삶 이상의 무언가를 왜곡하려 든다. 정작 내게는 무엇이 행복하고, 무엇이 불행한지 묻지 않으면서. 선우원에서의 생활은 비 오는 날 마중 나올 사람이 없으면 서운하고, 접근 금지 처분을 받은 부모가 찾아와 마당에서 노는 아이들에게 시비를 걸면 두렵고, 반 친구가 입던 옷이 내 서랍 속에 들어 있기도 하지만, 여름과 겨울마다 꼬박꼬박 캠프를 가서 물놀이를 즐기고, 우리만의 축제를 열어 둘도 없는 추억을 만들고, 강당이나 마당에만 나가도 언제나 놀이 상대가 충분하며, 월마다 가족회의를 열어 먹고 싶은 간식과 다니고 싶은 학원을 민주적으로 결정한다.

책이 읽고 싶으면 언제든 올라가 독서할 수 있는 멋들어진 5층 도서관도 있다. 자신만의 나무와 우릴 절대 굶기지 않는 식당도 있다. 공기놀이 전문가들이 포진해 껌기로 50년은 거뜬히 넘기고, 한 사람에게 슬픈 일이 있으면 다 같이 둘러앉아 위로한다. 글쎄, 때로 고아들은 이야기 속에서 비련이나 범죄의 씨앗으로 그려지지만, 우리 삶이 무지개보다 다양한 스펙트럼이란 걸 알면 과연 그렇게 단순한 그림이 가능할까?

그러니 나 스스로 우리 이야기를 써야 한다.

어릴 때 무제 공책에다 선우원 가족들을 주인공으로 한 대하드라마를 썼었다. 로봇 이모의 서버를 검색하니 이모들이 그걸 사진으로 찍어 보관한 기록이 있었다. 난 그걸 다시 읽으며 킬킬댔다. 그 속에서 우리는 거대한 우주 행성 내 왕국을 이루어 사는 인어 외계인들이었다. 몸은 하얗고 광속으로 헤엄쳤다. 심해에 지은 100층짜리 아지트가 집이고, 한 층은 온통 황금과 다이아몬드, 산호로 치장되었다. 이모들은 1년에 두 달 휴가를 받아 여행을 가며 그 덕에 우릴 떠나지 않는다. 아이들은 매년 자신의 목표를 이루기 위한 모험을 한다. 무시무시한 사냥을 나가거나, 서로를 도와 추운 겨울을 극복하는 에피소드도 있었다. 이곳에서 자란 아이들의 꿈은 자신만의 별을 가지는 것이었다. 이 행성에서의 삶은 별을 얻기 위한 훈련 과정이었다.

오랜만에 옛 작품을 읽으니 감회가 새로웠다. 이 이야기엔 어린 날의 소망이 반영되었다. 피로한 이모들에게 두 달씩 휴가를 주고 싶었고, 멋진 모험이라 생각하며 삶을 견디고 싶었다. 애틋한 기분으로 글을 쓸 당시의 추억에 젖었다. 이모와 친구들은 다들 저를 주인공으로 해달라 성화였었지.

그래서 모든 애가 한 번씩은 주연으로 등장하는 전개를 만들었다. 누구나 주인공이 되는 걸 재미있어했다. 애독자들이 늘고 다음 편을 달라 재촉하면 뿌듯했다. 그 바람에 열 편도 넘는 시리즈를 완성했다. 이때 쓴 건 단순하고 조잡하기 그지없었지만, 연말 공연 대본을 위한 좋은 재료였다. 손을 좀 보면 멋진 희곡으로 거듭나지 않을까. 이만큼 풍부한 상상력을 발휘하는 시절은 다신 없을 것이다. 상상도 희망을 기반으로 해야 하니까.

처음 이야기를 쓰기로 결심한 순간이 기억났다.

초등학교 1학년 때였다. 학교에 갓 입학한 햇병아리들에게 젊은 담임 선생님과 책걸상이 있는 교실은 신세계였다. 다들 선생님에게 잘 보이고 싶어 했다. 약삭빠른 애들은 얼른 선생님 근처에서 아부를 떨었고, 낯선 친구들 사이에서 어리둥절한 애들도 있었다. 아이들의 기대와 찬양을 담뿍 받는 선생님은 우리 모두를 자리에 앉히고, 첫 수업으로 도서관을 소개했다. 대출 카드가 있으면 언제든 원하는 책 세 권을 빌릴 수 있었다.

"독서를 많이 해야 훌륭한 사람이 됩니다. 원하는 책은 무엇이든 선택하세요."

선생님은 우릴 직접 도서관으로 데려가서 각자 이름이 적힌 카드를 나눠 주었다. 대출 방법을 안내받고 신호가 떨어지자 아이들은 뿔뿔이 흩어졌다. 모두 원하는 칸으로 가 도서실을 탐색했다. 난 이미 선우원 도서관에 익숙해 이런 곳이 아주 새롭진 않았다. 다만 학교 도서관에는 알록달록한 그림책들이 더 많았다. 금은박이 붙은 표지도 있었고, 펼치면 그림이 튀어나오는 책도 있었다. 선우원엔 줄글 책이 대다수라 흥미가 생겼다. 그림책 몇 권을 기대감에 차 뽑았다. 선생님은 우리의 열성에 보람을 가득 느끼는 표정이셨다. 나도 그 마음에 부응하고 싶었다. 가장 멋진 책을 찾아 바코드를 찍고, 내가 이미 글 읽기를 섭렵했다는 걸 보여드리면 기특해 하시지 않을까. 선생님 앞에서 또박또박 글씨를 읽으면 자랑스러우시겠지.

나는 설레는 마음으로 책을 펼쳐 첫 장을 읽었다. 그러나 얼마 못 가 실망을 느끼며 책을 덮고 말았다. 두 번째, 세 번째 시도도 마찬가지였다. 아름다운 표지의 책들을 읽을수록 불만이 커졌다. 다섯 번째 책도 실패했을 때 결국 팔짱을 끼곤 입을 다물었다. 나는 선생님에게 책을 빌리지 않겠다고 선언했다. 선생님은 난색을 보였다. 그러나 나는 물러설 생각이 없었다. 고개를 저으며 마음에 드는 책이 한 권도 없다고 외쳤다.

그 책들은 죄다 엄마 아빠와의 이야기로 시작했다. 그건 정말 이상했다. 마치 아이들에게 가족은 이런 모습이어야 한다고 강요하는 것 같았다. 이야기에 꼭 필요한 부분이 아니어도 항상 부모 중 한 사람이 등장해 훈계하거나 칭찬을 했다. 아니면 할머니, 할아버지, 친척이라도 나왔다. 내 가족과 비슷한 이야기는 없었다.

당혹스러웠다. 책의 작가들은 아이라면 누구나 이런 식의 가족을 가져야 한다고 말하는 걸까? 그럼 우리 가족은 어디에 있을까? 대체 왜 알록달록한 그림책들이 죄다 가족 이야기를 하려는지 알 수 없었다. 그것도 오직 엄마 아빠로 이루어진 얘기만 주야장천 하려 들었다. 세상에 이야깃거리가 그뿐인 것처럼. 이모들로 구성된 우리 집은 쏙 빼놓은 채로 말이다. 나는 화가 났다. 순간 언니들이 왜 바깥에서 무심코 부모가 있는 척 거짓말을 하고, 이모들 얘기를 삼가는지 깨달았다. 선우원 친구들도 인형 놀이를 하면 꼭 남녀 한 쌍을 결혼시키고 엄마, 아빠라고 불렀다. 마치 그게 정답인 것처럼.

정작 우리는 그렇게 살고 있지 않은데. 그건 내가 가족이라 부르는 선우원과 생판 달랐다. 우리 경험과 바깥은 아주 멀었다. 우리는 주입된 모습을 흉내 내야만 했고 그러면 내 영혼의 형태는 텅 비었다. 사랑하는 나의 이모들은 어디에 있나. 난 그들을 절실하게 사랑하는데. 왜 여기선 그들을 말하지 못하나. 이모들도 책 속 부모들처럼 날 꾸짖고, 싸우고, 화해하고, 포옹하고, 위로한다. 이모들도 나를 키운다.

하지만 도서관의 모든 책이 이모들 얘기를 배제한다는 걸 안 순간 난 처음으로 불행했다. 그전까진 내 가족에게 불만이 없었다. 바글바글 부대껴 사는 다양한 삶의 형태 중 하나로만 알았다. 그걸 순식간에 비정상으로 만든 게 바로 이 책들이었다. 이런 연유로 난 학교의 책들을 죄다 거부했다.

선생님은 난처해 하며 이것저것 그림 예쁜 작품을 골라 건네었다. 그러나 난 그것까지도 외면했다. 억울한 심정을 잘 설명할 수 있었다면 좋았겠지만 난 고작 여덟 살이었다. 찌푸린 미간으로 고개를 돌린 후 앓는 소리를 내는 게 유일한 저항이었다. 결국 끝까지 강경하게 군 나는 선생님을 첫날부터 화나게 한 유일한 1학년 학생이 되어 도서관을 나왔다.

그 뒤 다시는 학교 도서관을 찾지 않았다. 대신 선우원 꼭대기의 책들을 탐독했다. 언니들이 종종 줄글 책들을 많이 읽어주어 어떤 책들이 있는지는 잘 알았다. 난 그 내용들을 통째로 암기했다. 이곳엔 갖가지 과학, 신화, 역사책들이 있었다. 만화나 소설도 있었다. 이모들의 집에서 가져왔을 게 분명한 요리책과 여행책, 영어 원서와 사전이 있었다. 그림책은 특별히 이모들이 엄선한 티가 났다.

권수는 적지만 백 마리의 토끼들이 모여 사는 마을 이야기도 있었다. 부모나 친척 관계가 아닌 서로 다른 백 마리가 어울려 사는 이야기였다. 그걸 읽으니 마음이 놓였다. 그 후 숨고 싶을 때마다 선우원 도서관에 파묻혔다. 책 냄새를 맡으며 내 삶을 구성하는 지식과 아닌 걸 구분했다.

그 날부터 진짜 삶을 기록하려는 욕망이 있었다. 작가들이 써주지 않는다면 스스로 만들어야 한다. 그런 마음으로 첫 글을 썼다. 어쩌면 올해가 이 소망을 이룰 기회였다. 나는 대본의 첫 페이지를 작성하기 시작했다.

✳

극본 구상은 순조로웠으나 글로 쓰는 건 쉽지 않았다. 나는 반짝이는 휴대폰 화면 속에서 미소 짓는 가족들의 얼굴을 보며 생각에 잠겼다.

내가 선우원에서 제일 소중하게 여기는 경험은 무엇이지.

어렴풋이 이모들의 눈물이 떠올랐다.

날 미치지 않도록 지탱하는 건 그 눈물들이었다. 물론

이모 중엔 사사건건 소리 지르는 신경질쟁이나 군기 반장, 매일 컴퓨터 앞에 붙어 있는 무관심한 이모도 있었다. 하지만 이모들의 존재는 우리가 마음 놓고 연약해질 수 있게 하는 유일한 안식처였다.

가끔 어린 몸들에겐 나쁜 꿈이 찾아온다. 식은땀을 흘리며 움직일 수 없어지고, 밤중에 소리 지르며 놀라 깨어날 때도 있다. 귀신이나 괴물을 보기도 한다. 선우원에 오기 전 접한 충격들이 스트레스가 되어 신경을 짓누르면 발생하는 일이라고 한다. 이모들은 그래서 우릴 열 살까진 한 방에서 재운다.

잠들기 전 의식처럼 이모들은 옛날이야기를 해준다. 해님 달님이 된 오누이 이야기나 콩쥐 팥쥐, 심청이 등 우리가 아는 옛이야기들은 태반이 이모들의 입에서 나왔다. 이모들은 그것들을 많이도 안다. 우리는 주인공이라면 어떻게 할지 떠들기도 하고, 같은 이야기를 반복해 요청하며 잠든다. 나직하게 흐르는 이모들의 목소리는 악몽을 쫓는 자장가다. 아이들이 사르르 눈을 감으면 이모들은 한 명씩 이마를 짚으며 열은 없는지, 숨은 고른지, 기침은 괜찮은지 확인한다. 모두 잠든 걸 확인하면 바로 눕지 않고 방구석에 오도카니 앉는다. 달빛이 어슴푸레 이모의 눈가를 비출 때 아이들은 꿈꾸는 척 주름진 눈가에 배긴 그림자를 훔쳐본다. 그 윤곽이 어떻게 생겼는지 기

억하려 애쓴다. 꿈에서 이모의 눈동자를 만나고 싶어 한
다. 고운 눈빛이 악몽을 쫓아주길 바라면서.

이모들은 바깥에 가정이 있고, 보통 시댁이나 친척을
부양하느라 힘들다. 선우원에만 매일을 바칠 순 없다. 이
곳은 어디까지나 직장이다. 일이 버거우면 자신의 집도
챙길 수 없으니 한쪽을 선택해야만 한다.

그걸 알더라도 아이들은 가능한 한 이모들의 많은 걸
기억하길 원한다. 추억이란 참 이상하다. 이별 후 3개월
이 지나면 가을 안개만큼도 못하게 흐려지지만, 이모의
목소리나 포옹, 머리를 쓰다듬는 손길과 표정들이 점점
찬란해져 애를 태우기도 한다. 그 조각들은 자주 마음을
엔다.

자정 넘어 이모가 어느 한 아이의 곁에 누우면 그 애는
이모의 품속으로 파고든다. 이때가 그림자의 시간이다.
어린 생에 자리한 그늘을 토해낼 자격이 주어지는 시간
이다. 아이들은 원가족이 왜 떠다니는 유령 그림자처럼
사라졌는지, 학교 친구들이 조롱하더라도 왜 참아야 하
는지, 과자는 왜 세 개 이상 먹으면 안 되는지, 이곳에 오
기 전 있던 부모는 자신에게 왜 그런 짓을 했는지 속삭인
다. 누구에게도 말하지 않던 비밀도 이 시간만큼은 술술
나온다.

이야기를 들은 이모는 조용히 눈물을 흘리며 우리의

어깨를 안는다. 이모가 안아주지 못한 아이들은 이불 속
에서 숨죽여 꿈과 씨름한다. 한 아이의 눈물은 다른 아이
들에게 번진다. 그림자의 이야기를 나누는 시간에 정해진
답은 없다. 우리는 그저 함께 슬퍼한다. 들려오는 이야기
에 숨죽여 몰래 공감한다.

눈물이 새벽을 채우면 악몽을 꿀 겨를도 없다. 그래서
우리는 혈연이라기보다 눈물로 이어진 가족이다. 아이들
만큼 이모들도 비틀대지만, 서로의 눈물을 버티는 일로
연결되면 악몽을 하루 더 이긴다.

눈물, 눈물. 이 단어를 생각하니 자연스레 율이 떠올랐
다. 사춘기에 들어서 점점 울지 않게 된 나와 달리 율은
울고 싶으면 가감 없이 눈물을 흘렸다. 물론 가증스러운
거짓 눈물도 짓지만 말이다. 저녁 기도시간이나 잠들기
전 털어놓는 다른 애들의 이야기에 제일 많이 우는 것도
율이었다. 어린 시절 자신만을 위해 떼쓰며 울던 날과는
달랐다.

율은 이제 타인의 이야기에 자기가 먼저 눈물을 흘린
다. 반면 나는 슬픈 영화를 봐도 울지 않고, 억울한 일을
당해도 눈물이 없었다. 친구들로부터 삭막해 보인다는 평
을 세 번이나 받았다. 같은 피드백이 반복되면 정말 내
감정 채널의 어딘가 고장 난 게 아닌가 의심스러웠다.

이모들은 내가 신생아 시절 흘릴 눈물을 다 흘려서 그

렇다고 말했다. 나도 눈물이 필요할 땐 속 시원히 울고 싶
었다. 일부러 엉엉 소리 내어도 가슴이 턱 막힌 듯 눈물이
나오지 않았다. 짐이 얹힌 것처럼 가슴만 답답했다. 난 율
을 찾아가 눈물이 많은 비결을 묻기도 했다.

"울기 직전 떠오르는 기억이 있어. 정작 당시는 울지
않았는데, 어쩐지 지금은 생각할 때마다 눈물이 나."

난 그게 무엇인지 물었다.

그건 율이 수영을 잘하게 된 이유와 관련 있는 기억이
었다.

율은 선우원에 들어오기 전부터 수영을 터득했다. 재
활에 좋다는 연유로 입소 후에도 꽤 오래 수영을 배웠다.
양팔을 뻗어 물을 짓누르면서 다리의 반동을 이용해 접
영을 했다. 나비처럼 물결치는 어깨와 등의 곡선은 남달
랐다. 은빛 물방울을 튀기며 앞으로 나아가는 모습이 전
설 속 인어처럼 유연했다. 첫 여름 캠프에서 다른 사람들
의 걱정에도 불구하고 율은 수영장을 제 세상인 양 쏘다
녔다. 그걸 본 코치가 율을 맡아 초등학교 내내 가르쳤다.
중학생이 되며 그만두었지만, 그전까지 율은 헤엄에 능
숙했다.

"내가 수영하는 건 본능이야. 처음 헤엄쳤을 때부터 그
랬어."

율은 물에 빠지는 사고를 당한 적이 있었다. 네 살 즈

음의 일이었다. 그 애는 엄마와 단둘이 강변에 갔었다. 율은 물을 발끝에 적시며 장난을 쳤고 엄마는 돗자리를 깼다. 율은 모든 장면을 똑똑히 기억했다.

해가 뉘엿거리는 시간이었다. 돌멩이를 던지면 물에 반사된 불그스름한 노을이 흔들렸다. 바람이 잘게 불어 오묘한 색을 멀리 퍼뜨렸다. 휠체어에 앉은 율은 내내 그 움직임과 빛깔에 마음을 빼앗겼다. 마치 물과 파동의 세계가 따로 존재하여 감정을 교류하는 듯했다.

물빛은 시시각각 변했다. 머리 위에 드리워진 꽃나무 가 우수수 잎을 떨궜다. 물결을 따라 하얀 꽃잎들이 빙빙 돌았다. 누군가 우는 소리가 들렸다. 율은 주변을 둘러보 았다. 우는 사람은 아무도 없었다. 율은 의아한 마음으로 다시 물에 손을 담갔다. 수면에 얼굴이 비쳤다. 다시 우 는 소리가 들렸다. 처음엔 자신의 얼굴이 보였고, 그 뒤 로 엄마의 얼굴이 나타났다. 희미하게 흔들리는 음영을 율은 똑똑히 알아봤다.

엄마의 경계선은 수많은 눈물이 떨어지는 것처럼 흔들 렸다. 율은 그 얼굴을 쓰다듬고 싶었다. 허리를 숙여 물 에 비친 얼굴을 만지려 했다. 그 찰나, 휠체어가 기울었 다. 율은 강물로 굴러떨어졌다.

물은 너무나 차디찼다. 목소리를 낼 수 없었다. 눈, 코, 입을 가리지 않고 물이 뒤덮었다. 버둥거리면 물을 더 먹었다. 꽃잎들이 이지러지며 귀와 목구멍을 틀어막았다. 순간 세상은 적막하고 공허했다. 숨이 막혔다. 율은 가라앉았다. 발목을 필사적으로 움직이면 잠시 부상했다가 다시 가라앉았다.

율은 계속 팔다리를 허둥댔다. 하나로 붙은 다리는 물결만 거세게 일으켰다. 그럴수록 몸은 깊이 빠졌다. 율은 겨우 어린이집에서 배운 나뭇잎 뜨기 자세를 기억했다. 전신에 힘을 빼 길게 눕자 몸이 기우뚱대며 겨우 떠올랐다. 목이 싸했다. 구멍이란 구멍에선 죄다 물이 샜다. 기침이 나왔다. 그때마다 다시 물을 먹었다. 율은 간신히 실눈을 떠 주변을 살폈다.

조금이라도 몸에 힘을 주면 다시 가라앉을 것 같았다. 핏빛 하늘이 자신을 따라왔다. 물은 계속 넘실거렸다. 구름이 발 아래쪽으로 빨려들었다. 자신은 강 중앙으로 흘러가는 중이었다. 몇 번 몸이 뒤집혔다. 가까스로 호흡하며 균형을 잡으려 애썼다. 율은 엄마를 불렀다. 엄마, 엄마, 도와줘. 자꾸 세상이 기울어지는 데도 대답은 없었다. 엄마, 엄마, 살려줘. 율은 다시 엄마를 불렀다. 여전히 묵묵부답이었다. 율은 눈동자를 굴려 강변을 더듬었다.

엄마는 휠체어를 잡은 채 멀거니 서 있었다. 창백한 침묵으로.

물이 목구멍으로 꼴딱꼴딱 넘어갔다. 귀 뒤와 미간에

비린내가 스몄다. 물결이 자꾸만 율의 몸을 엄마로부터 떼어냈다. 그래도 엄마는 정지한 상태였다. 엄마는 소리쳐 사람을 부르지도, 물로 뛰어들지도 않았다. 모든 걸 놓은 사람처럼 가만히 있었다. 율은 그 날 깨달았다. 엄마는, 구하러 오지 않는다. 엄마는, 운명이 날 물속으로 데려가길 바란다. 엄마는, 희게 질린 얼굴로 움직이지 않는다. 엄마 대신 나라도 죽길 바란다. 그러니 시체처럼 영원히 멈출 것이다. 뭍으로 돌아가려면 스스로 헤엄쳐야 한다. 누구도 도와주지 않는다.

율은 팔을 위로 뻗었다 길게 내저었다. 어깨가 빠질 듯 아팠다. 온몸이 뻐근했다. 자신이 팔을 휘젓는 속도보다 밀려드는 물결의 양이 어마어마했다. 율은 포기하지 않고 양팔을 번갈아 움직였다. 물을 한 번 거스르면 두 번 밀려났다.

그래도 율은 필사적으로 두 팔을 벌려 몸을 지탱했다. 팔꿈치로 방향을 잡아가며 강변 쪽으로 몸을 틀었다. 양 어깨를 동시에 움직이자 물살을 탈 수 있었다. 궤도를 트니 몸이 뭍으로 향했다. 드넓게 펼쳐진 일몰 사이에서 율은 처절하게 팔을 움직였다. 오른팔, 왼팔, 오른팔, 왼팔. 근육이 끊어질 것처럼 아팠다. 그래도 계속 헤엄쳐야 했다. 어깻죽지가 따끔거렸다. 율은 포기하지 않고 머리를 강변으로 밀었다.

한참 팔을 젓자 엄마의 얼굴이 가까워졌다. 무감정한 얼굴이었다. 율은 엄마 쪽으로 다가갔다. 엄마가 자신을 다시 밀어낼까 봐 두려웠다. 식은땀이 흘렀다. 가까스로 정수리가 땅에 닿았다. 율은 턱으로 기어올랐다. 팔다리가 천근만근 무거웠다. 엄마를 찾을 힘이 없었다. 온몸에서 물이 뚝뚝 떨어졌다.

엄마가 휠체어를 밀며 다가왔다. 그리고 몸을 숙여 율을 천천히 안았다. 엄마의 옷에 강물이 번졌다. 엄마는 여전히 아무 말이 없었다. 시커멓게 젖은 가슴팍에서 비린내가 물씬 풍겼다. 율은 엄마가 그대로 물에 뛰어들지 못하도록 양팔로 목을 얽었다.

순간 그럼에도 엄마가 일을 저지를지 모른다는 생각이 스쳤다. 엄마는 천천히 일어섰다. 율의 발이 땅에서 떼어졌다. 율은 팔에 잔뜩 힘을 주었다. 엄마는 물가로 가지 않았다. 그저 율을 다시 휠체어에 앉혔다. 그래도 율은 끝까지, 그 목을 놓지 않았다. 나무에 매달린 곤충처럼 고개 숙인 엄마의 목을 짓눌렀다.

물비린내 옮은 몸으로 엄마가 휠체어 손잡이를 밀었다. 율은 아무것도 묻지 않았다. 엄마도 마찬가지였다. 둘은 노을빛을 등지고 집으로 돌아왔다. 아주 느린 걸음으로. 물 자국만 흥건했다. 이후 둘은 깊은 침묵 속에서 살았다.

이날부터 율은 헤엄치는 법을 터득해나갔다.

수영장을 엄청난 힘으로 쏘다닌 여름 캠프는 율이 엄마와 헤어지고 선우원에 입소한 후 처음 간 프로그램이었다. 그 애는 물보라를 일으켰다. 팔을 움직이고, 호흡을 길게 참았다. 사나운 고래나 거대한 다랑어 같았다. 그 애는 어떤 파도나 물결도 자신을 가라앉힐 수 없다는 양 퍼덕였다.

절대로, 절대로 가라앉지 않겠다는 듯 헤엄쳤다. 사람들은 율이 재능을 키운다면 몸을 사랑하는 데 도움이 될 거라고 말했다. 하지만 내 눈에 율은 머리끝까지 화가 나 수영하는 것처럼 보였다. 지상에서보다 배로 깊은숨을 쉬어야 하는 물속에서 팔다리를 차는 일만이 그 애 속을 풀어주는 것 같았다.

그런 율이 수영을 그만둔 건 재능이 없어서가 아니었다. 공포감이나 수치심 때문도 아니었다. 2차 성징이 나타나며 체형이 변하자 율의 다리에 맞는 수영복을 찾을 수 없었다. 시중엔 그런 옷이 적었고 맞춤옷은 비쌌다. 그런 이유로 율은 수영을 그만두었다. 고등학생 때는 헤엄치는 일과 멀어졌다.

난 율을 연극 주인공으로 세우고 싶었다. 배경을 심해 어딘가로 꾸미고 나비 자세로 움직이는 율에게 인어 역할을 주고 싶었다. 율은 눈물도 잘 흘리니까, 가짜 눈물을 흘릴 때조차 서글퍼 보였으니까, 주인공에 어울렸다. 배우에겐 그 모든 것도 재능이었다. 난 주연 자리에 율의 이름을 적었다. 무대에서라도 그 애가 수영하는 모습을 보고 싶었다.

로봇 이모에게 인어와 관련된 걸 검색해달라고 부탁했다. 곧 내 휴대폰으로 정보들이 전송되었다. 인어의 사진부터 유래, 각 나라의 설화까지. 그중에는 기괴하고 무서운 형상의 인어도 있었다. 디즈니 영화에 나온 것처럼 예쁜 공주도 있었다. 내가 알던 인어가 전부는 아니었다. 인어의 종류도 무궁무진했다.

난 인어공주와 외계인 이야기를 뒤섞어 각색한 스토리를 떠올렸다. 이거라면 선우원의 아이들이 한 번씩은 등장할 수 있었다. 얼른 줄거리를 작성해 율에게 보여주었다. 초고는 안데르센의 원작과 전개가 유사했다. 율은 그걸 마음에 들어 하지 않았다.

"애초에 왕자와 이루어지지 못하면 물거품이 되는 조건이 싫어. 공주 얘기는 진부해."

"왕자를 인어로 만드는 건? 사랑하니까 닮자고 하는 거지."

"그래버리면 연극이 거기서 끝나잖아."

"아니면 공주의 언니들이 나중에 단검을 들고 찾아오잖아. 왕자를 찌르면 인어로 돌아온다면서. 그때 진짜 찌르는 거야."

"그런 내용은 이모들이 허락 안 할걸. 인어공주가 살인을 안 했으니까 사랑의 대명사가 된 건데…. 너라면 어떻게 할 거야?"

"글쎄, 기회가 주어지면 일단 찌르긴 해봐야지."

나는 머리를 풀어헤치고 마녀 연기를 펼쳤다. 손가락을 이리저리 움직이며 음산한 목소리를 흉내 냈다.

"사랑하는 사람이 널 배신한다면 이 칼을 옆구리에 꽂으렴. 넌 다시 인어로 돌아갈 거란다."

"그런다고 기쁠까? 괜히 죄나 뒤집어쓸걸."

"차라리 자기 옆구리를 찌르는 게 낫나? 누구를 찔러야 된다는 말은 없었잖아."

율이 킬킬 웃었다. 나는 얼른 생각을 메모했다. 율의 의견을 들으니 대충 인어는 공주 말고 외계인으로 하고, 마녀는 신으로 꾸며도 좋을 것 같았다. 휴대폰 화면에 내가 휘갈긴 글씨가 반짝였다. 율은 자신도 그 위에 그림을 그려보고 싶어 했다. 율에게 휴대폰을 빌려줬다. 율은 다운받은 인어 그림 위에 낙서를 시작했다. 흰 꽃을 주변에 잔뜩 그렸다. 콧수염과 주근깨도 그렸다. 마지막엔 인어의 다리를 마구잡이로 색칠했다.

갑자기 옆구리가 저릿하며 엄마가 생각났다. 연상이 왜 이렇게 연결되는지 모르겠으나 엄마가 율의 모친과 같은 이유로 내게 칼을 꽂았다는 생각이 들었다. 아빠도, 가족도 없는 세상에서 자신에게 남은 유일한 피붙이. 사랑도 증오도 하지 못하는 어떤 존재. 자기 배로 낳은 생명. 그렇다고 그걸 찌르는 수고로움을 감수하는 마음이 이해되진 않았다. 아니, 이해해서는 안 될 것 같았다. 난 차라리 엄마가 스스로를 찌르는 게 더 쉬웠을 거라고 생각했다. 그 조그마한 애에게 화풀이를 할 바엔 자살이 쉽지 않았을까. 난 율에게도 질문하고 싶었다. 율이라면 누군가를 찔렀을까? 아니면 찌르지 않았을까?

율이 눈물을 흘리면 나는 엄마의 눈동자를 떠올렸다. 붉고 축축한 눈동자였다. 그게 바로 엄마의 눈동자였다. 솔직히 얼굴은 기억나지 않는다. 엄마처럼 나도 미칠까 봐 완전히 망각했다. 하지만 어째선지 눈동자만은 또렷이 기억한다. 테두리가 흐리고, 흰자위가 온통 붉어 피로 흥건한 우주 같은 눈동자였다. 울기 직전 벌게진 얼굴들은 그걸 생각나도록 만들었다.

엄마도 날 찌를 땐 울음을 참지 못했을까. 아니면 벌겋게 성이 났을까. 그것도 아니면 살인마처럼 냉정했을까. 안전상의 문제로 엄마를 다시 볼 방법은 없었다. 나도 보고 싶다는 생각은 한 적 없다. 차라리 모르는 게 약이었다. 가끔 내가 누굴 닮았는지 궁금했지만 제 손으로 날 찌른 부모는 알고 싶지 않았다. 칼을 쥔 엄마의 결심을 상상하면 오싹한 감각이 척추를 탔다. 그때마다 이 생각들을 머릿속에서 몰아내달라 기도했다. 하지만 소용없었다. 참담한 생각들은 끊임없이 찾아왔다.

난 태어나면서부터 엄마가 죽이고 싶던 존재였을까? 어째서?

그저 태어났으니 하루하루 견뎠을 뿐이었다. 아직 어른도 되지 못했지만 언제나 살고 싶었던 건 아니었다. 사랑하는 이들과 헤어지는 고통을 견디기 힘들 때, 억울하고 답답한 일들이 짓누를 때, 지겨운 일상이 끝나지 않을 것만 같을 때, 미래가 없다고 느껴질 때 세상에 잘못 태어난 것만 같았다. 이런 허무가 찾아오는 순간이 많아 보육원 애들은 주말마다 성당에 가는지도 모른다.

그곳은 항상 문이 열려 있었다. 슬플 때 언제든 찾아오라고 했다. 실제로 예배 시간 외에 가본 적은 없었지만, 줄지어 엉덩이가 배기는 나무 의자에 앉아 신부님의 설교를 들으면 나른했다. 성경의 말씀보단 그곳에 울리는 졸린 목소리를 들으며 이런저런 공상에 빠졌다. 꾸벅꾸벅 졸다 정신이 아득하면 성모 마리아상이 큼직하게 웃었고, 죽고 싶단 생각이 조금은 가셨다.

설교에 제대로 집중한 경우는 드물었지만, 아들인 이삭을 제물로 바치려 했던 아브라함의 이야기는 인상 깊었다. 신은 아브라함에게 그가 사랑하는 아들을 제물로 요구한다. 조건 없이 아들을 주어놓곤 무조건적으로 다시 내놓으라 했다. 아브라함은 신의 말대로 이삭을 묶고 칼로 찌른다. 이런 방식으로 순종을 확인한 후 신은 아브라함을 멈추어 대신 양을 제물로 바치도록 한다. 그 일화를 들으며 내내 우리 엄마가 떠올랐다. 우리 엄마도 제 삶의 무언가를 증명하려 날 찌른 걸까? 대체 엄마에겐 증명할 무엇이 있던 걸까? 아니, 그게 없었기에 날 찌르고 싶었을까.

하느님은 왜 우리 엄마를 멈춰주지 않았을까. 엄마도 나를 찌르려고 했는데. 난 아브라함보다 이삭의 심정을 더 생각했다. 그 순간 이삭은 정말 신을 믿었을까? 어쩌면 칼날의 위협 앞에 믿음을 위장하진 않았을까? 이삭에게 아브라함의 얼굴은 평생의 상처가 되지 않았을까? 아이를 사랑하는 일과 운명에 순종하는 일은 왜 양립할 수 없었나. 이삭은 아브라함의 제물이었고, 아브라함은 야훼의 제물이었다.

90세에 이삭을 배었다는 사라는 과연 정말 이삭을 사랑으로만 품었을까. 어쩌면 이삭은 태어날 때부터 그들에게 고통이었던 건 아닐까. 신은 그걸 노렸을지 모른다. 뼈마디가 벌어지고 핏줄이 터지는 출산을 노년에 경험했다면 이삭은 사실 존재만으로도 끔찍한 무언가였다. 그러니 아브라함도 이 가엾은 존재를 향해 그리 쉽게 칼을 들지 않았을까? 이삭은 후에 아버지가 만들어놓은 우물들을 다시 파내며 살다 눈이 먼다. 메마른 사막 속 숨겨진 물을 찾고 또 찾으며 살아간다.

이삭의 행적을 상상하자 가슴이 메었다. 이삭도 타인의 눈물을 보고서야 제 속의 물을 헤아릴 수 있었다. 자신에게 우물이 허락되지 않았기 때문에. 제게 칼끝을 향한 부모의 본성을 파내며, 또는 잊으며, 때로는 모른 척 살아가는 일은 비정하다.

왜 엄마가 파괴될 때까지 멈춰주지 않았나요.

나는 얼른 다시 율에게서 휴대폰을 돌려받아 연극 아이디어를 스케치했다. 제물들의 행성에서 살아가는 사람들, 그중에도 별의 심해 속 보육원에서 사는 우주 아이들의 극을 쓰기로 결심했다. 율이 그린 인어 그림은 내 휴대폰에 저장했다. 어딘가 활용할 일이 있을지도 몰랐다. 겨울이 올 때까지 은박지와 물감, 낡은 옷감들을 꿰매 소품을 만들면 그럴듯할 거다. 틈틈이 사진과 영상을 찍어 배경으로 활용해야지. 내 시선과 관점으로 만든 첫 작품이 되리라. 몰두할 거리가 생기자 기분이 나아졌다. 보호 종료 직전의 봄은 이렇게 지났다.

3장
——
떠밀린 운명들의 초여름

이곳은 제물들의 행성이다.

오래전 인간들은 자신의 터전에 우리가 살길 원하지 않았다. 불구자나 버려진 자, 난민, 그리고 자신들이 상상할 수 없는 존재들에게 앞마당을 내어주려는 이들은 없었다. 어떤 이들은 생생하게 살아 있었지만 그림자가 되었다. 터전에서 밀려난 이들은 깊은 심해로 들어갔다. 수압을 견디지 않으면 살아갈 곳이 없었다. 빛을 지탱하는 건 그늘이었고 물질이 태어났던 건 반물질의 존재 덕택임에도 인간들은 자신의 구획만을 챙기려던 나머지 우를 저질렀다. 처음 배제된 건 우리였다. 그러나 이내 화살은 그들 자신을 향했다.

심해의 어둠 속에서 우리는 스스로 빛을 내는 법을 찾았다. 발광 유전자와 효소가 돌아났고 형광 물질을 몸속에서 만들었다. 뼈와 장기들은 유연했다. 우리는 흐물흐물한 몸으로 살아갔다. 가끔 서로 뒤섞였다. 수십 미터에서는 고철 덩어리도 한 줌 휴지처럼 찌그러졌다. 압력에 짓눌려 터지지 않으려면 우리처럼 모호하고 광범위해야 했다. 그러나 인간들은 끝까지 이를 잊었다.

그래서 신이 지구를 압박했을 때, 인간들은 다시 한 번 우리를 파편으로 만들었다. 그래야 통제하고 희생시킬 수 있기 때문이었다. 모든 건 지상의 인간들이 초래한 일이었다. 그 결과 우리는 모두 희생양의 삶을 살게 되었다.

✳

연극으로 올릴 독백 첫 장을 신나게 쓰던 중이었다. 이 부분은 율이 읽기로 했다. 여름 방학이라 한가한 나머지 온종일 뒹굴어도 뭐라 하는 사람은 없었다. 바닥에 배를 깔고 글을 끄적이는 동안 로봇 이모만 거실을 배회했다. 누렇게 바랜 선풍기가 한쪽에서 돌아갔다. 갑자기 율이 문을 쾅 열더니 씩씩거리며 들어왔다.

"왜 그래?"

"아, 씨. 원장 놈이 또 시비를 걸잖아. 잠깐 요 앞 편의점에 다녀오는데 어떻게 알았는지. 길목을 지키고 서서 용돈 축내지 말라며 지적질이야."

"귀신같네. 원장은 할 일도 없나. 종일 창밖만 감시하는 거 아니야?"

"내가 그럴까 봐 이번엔 뒷문으로 나갔다고. 그리고 내용돈 모아 간식 산다는데 무슨 간섭이야. 다른 애들 나가는 건 그냥 놔두면서."

내가 유일하게 설명하지 않은 보육원의 일원이 있다. 원장이다. 원장은 뱃살이 불룩한 중년으로 안경 뒤 기름진 눈을 빛내며 온종일 자기 사무실에 틀어박혀 있다. 원장은 중요한 행사 때만 얼굴을 비쳤다. 다른 날엔 어디를 그리 쏘다니는지 원장실 문은 잠겨 있는 모습이 오히려 익숙했다.

어쩌다 마주치면 원장은 퉁명스러운 말투로 핀잔을 주거나 자기 마음에 들지 않는 부분을 지적했다. 원장을 좋아하는 아이는 아무도 없었다. 원장의 잔소리는 언제나 옛 시절이 좋았다는 말로 끝났다. 그럴 만도 했다. 원장은 인사를 하지 않는 애가 있으면 기강을 잡는다는 이유로 모조리 호출해 벌을 세우는 거로 유명했다. 원장의 수하나 다름없던 몇몇 보호사들 역시 체벌마저 서슴지 않았다. 제멋대로 횡포를 부려도 다들 기가 껌벅 죽었으니 원장에겐 좋은 시절이었다.

하지만 시대가 변했다. 원장과 보호사들이 훈육이라는 이름으로 저지른 행위는 아동학대로 신고되었다. 조사관이 나오고 한바탕 난리가 났다. 체벌에 가담했던 몇 이모들은 퇴직했고, 그들을 신고한 아이들도 다른 곳으로 옮겨졌다. 하지만 원장만은 선우원에 남았다. 임기가 아직 남았다는 이유였다. 아동보호전문기관이 다녀간 후 기세는 꺾였지만 사람의 본질이 하루아침에 변하지는 않는 법이다.

새로 입사한 이모들과 팀장을 중심으로 분위기가 쇄신되어 예전처럼 위세를 부리진 못하지만, 원장은 보육원을 배회하며 시시때때로 분풀이할 기회를 노렸다. 원장은 아이들이 노는 곳을 찾아내어 훼방을 놓거나 후원과 관련된 자리에만 얼굴을 비쳤다. 카메라 앞에서 잇몸이 드러나도록 거짓 미소를 짓는 사람을 좋아하는 아이가 있을 리 만무했다.

율은 그런 원장을 유일하게 고개 숙이도록 만드는 아이였다. 더 이상 체벌은 금지였지만 예절을 교육한다는 빌미로 원장은 지나가는 아이들을 벽에 세우곤 허리를 90도로 숙이라 요구했다. 지시에 따르지 않으면 주말 놀이시간이나 간식이 줄어들었다.

하지만 그 명령에 율은 예외였다. 율은 자기가 휠체어

를 탄다는 핑계로 원장에게 인사할 때면 눕다시피 한 자세를 취했다. 몸을 굽혀야 하는 건 오히려 성의 없는 인사를 받는 쪽이었다. 율을 쳐다보려면 누구나 반쯤 고개를 숙여야 했으니까. 그러면 율은 등 뒤에서 원장이 자기에게 문안 인사를 올렸다며 떠벌렸다. 왕좌에 앉아 인사를 받은 건 율이었고, 따지자면 좌석에 앉은 쪽이 지위가 높았다.

"정말, 도대체 내가 나간 걸 어떻게 안 거지? 원장은 분명 방 안에 있었어. 내가 그 뒤통수를 봤단 말이야."

"어디 감시 카메라라도 달린 거 아니야?"

"바깥에 무슨 카메라야. 진짜 그런 거면 소름 끼친다."

"아니면 누가 널 일러바쳤다든가?"

"아무리 생각해도 뒷문엔 나밖에 없었는데. 재활용품 수거장에 로봇 이모가 있긴 했어도…."

여기까지 말하던 율은 입을 다물었다. 나도 율과 눈짓을 교환했다. 로봇 이모는 여전히 매끌매끌한 얼굴로 방을 서성였다. 얼굴 부분에 박힌 희멀겋고 생기 없는 눈동자가 찜찜했다. 로봇 이모를 마주하면 텅 빈 눈에 내 이목구비가 비쳤다.

엄마가 나를 찌르던 순간에도 그 동공엔 어린 아기였던 내가 비쳤을 거다. 광기와 피폐함만 남은 눈동자, 기계적으로 사유하고 기계적으로 살 수밖에 없던 눈동자. 그곳에 비친 내 모습은 어땠을까. 종종 궁금했다. 내가 상념에 빠진 사이 율은 턱을 두드렸다.

"혹시 그 휴대폰으로 로봇 이모한테 녹화 기능이 있는지 알아낼 수 없어?"

"에이, 설마 그 정도까지 했으려고. 그건 인권 침해다."

"그래도 혹시 모르잖아. 그 자리에 있던 거 로봇 이모밖에 없었어."

나는 못마땅한 기분으로 휴대폰을 로봇 이모와 연결했다. 이것저것 기능을 살폈지만, 이제 겨우 배경화면과 폰트 바꾸기를 익힌 내가 특정한 단서를 찾을 수는 없었다. 율은 옆에 앉아 계속 불평을 늘어놓았다. 나는 그 애의 기분이 풀릴 때까지 맞장구를 쳤다.

율은 유독 원장을 싫어했다. 율에게는 해마다 캠페인을 열어 모금한 수술비가 들어왔다. 원장은 그걸 곧이곧대로 율에게 쓰는 걸 싫어했다. 아직 율에게 신체 기능을 유지하는 수술이 필요했던 때였는데도 원장은 율을 키워준 보육원의 살림에 먼저 금액을 보태라 했다. 그건 오직 율을 위한 돈이었고 보육원 운영 예산과는 상관없었다. 하지만 원장은 율의 앞에서 매번 요구했다. 이모들이 만류해도 소용없었다.

원장은 율과 마주칠 때마다 너에게 드는 돈이 얼마인지 아느냐, 들어오는 돈은 적은데 나가는 돈이 많으니 살림이 힘들다, 존재 자체가 낭비다, 라는 폭언을 일삼았다. 마치 율이 있어 손해라는 식이었다. 그 소리를 면전에서 듣고 율은 더 이상 수술 받지 않겠다고 선언했다. 그 애를 설득하느라 이모들이 진을 뺐었다. 율은 내장 기관과 생식기를 복원했고, 성장판이 닫히면 뼈를 교정하는 수술을 몇 번 더 치러야 했다.

얼마나 수술을 반복해야 하는지도 기약이 없었다. 하지만 장기가 자리 잡기 전까진 그만두어서도 안 되었다. 정기 수술일이 다가올수록 이모들은 초조했고 율은 모든 사람에게 시비를 걸었다.

"어차피 다들 지긋지긋하잖아요. 그러니 먼저 그만두겠다고요. 괜히 나 같은 것 때문에 고생하지 마요. 돈도 안 되는 애한테 뭐하러 신경을 써요."

율은 원장의 말을 들먹이며 반항했다. 이모들만 투정을 받아내느라 죽어났다. 하지만 원장은 단 한 번도 사과하지 않았다.

나는 휴대폰을 아무리 봐도 어떻게 해야 감시 기능을 찾을지 알 수 없었다. 그래서 매뉴얼을 공부한 후 알려주겠다고 율과 약속했다. 율은 투덜대며 방을 나갔다. 그 애가 떠난 후에도 조금 더 휴대폰을 살폈다.

소득은 없었다. 까막눈이 된 기분이었다. 고급 기능들을 사용하기엔 용어가 너무 어려웠다. 포기하고 바닥에 눕자 로봇 이모가 다가왔다. 아까 율에게 들은 이야기가 있어 괜히 불편했다. 난 그걸 숨기려 로봇 이모에게 말을 걸었다.

"이모, 이모는 왜 여기 있어?"

"나는 아이들을 돌보는 목표를 위해 여기 있다. 보육이란 아동들을 건강하고 안전하게 보호, 교육하고 발달 특성에 맞는 서비스를 제공하는 것."

"그래서 지금 이러는 거야? 맨날 나한테 벌점이나 매기면서?"

"결괏값이 입력되지 않은 명령어."

"에휴, 또 그 소리. 이모를 만든 사람은 도대체 무슨 시스템을 짰길래 맨날 대답이 이래?"

"1세대 양자보안칩을 활용한 사물인터넷 단말기로 이루어졌다."

"어려운 말만 하네. 그렇게 고급 기술로 태어났으면서 왜 맨날 남이 시키는 대로만 살아."

"결괏값이 입력되지 않은 명령어."

"1세대라 그래? 이모는 대체 누가 버렸어? 이모가 여기 안 왔으면, 그러니까 선우원 이모가 아니었으면 뭘 하고 싶어?"

"결괏값이 입력되지 않은 명령어."

나는 한숨을 쉬며 돌아누웠다. 역시 저 깡통 로봇과는

도통 대화가 안 된다. 이래선 로봇 이모의 기술을 원장이 통제하는지 아닌지 알아낼 방도가 없었다. 나는 낮잠이나 푸지게 자고 싶었다.

갑자기 휴대폰이 울렸다. 그러다 곧 다시 꺼졌다. 난 액정 화면을 살폈다. 선우원에서 먼저 독립했던 언니였다. 이모로부터 내 번호를 전달받은 모양이었다. 엘리베이터라도 탔나? 아니면 잘못 걸었나? 혹시 바쁜 일이 생겼을 수 있으니 잠시 기다렸다.

그러자 휴대폰엔 다시 언니 번호가 떴다. 하지만 또 1초 만에 꺼졌다. 그러기를 몇 번, 그때마다 자꾸 전화를 받을 타이밍을 놓쳤다. 결국 내가 먼저 휴대폰을 들고 부재중 전화 목록을 눌렀다. 언니의 번호를 목록에서 보자 설렜다. 오랜만의 아는 이름이 반가웠다. 사실상 처음으로 저장했던 외부인의 번호였다. 언니에겐 물어보고 싶은 게 참 많았다. 독립 전까지 무엇을 준비하면 좋을지, 아르바이트 자리는 어디가 좋고 어떻게 구하는지, 나만의 방이 생긴다는 건 어떤 기분인지.

아, 참. 월말 생일 파티에 언니도 오라고 다시 설득해야지. 선물도, 먹을 것도 필요 없으니 그저 축하나 해주면 충분하다고. 얼굴이나 보자고. 또 요즘 언니 생일에는 누가 축하해주는지도 궁금했다. 나는 발신 버튼을 눌렀다. 긴 발신음이 울렸다.

"여보세요?"

"어…."

그런데 수화기 너머에서 들린 목소리는 내가 아는 언니가 아니었다. 전혀 낯선 목소리였다. 나는 우리 언니 번호가 맞는지 물었다. 상대방은 맞다고 응답했다. 하지만 전화 너머의 목소리는 아무래도 생소했다. 나는 단도직입적으로 물었다.

"누구세요?"

"아르바이트 같이 하는 친구인데요. 지금 병원이라 보호자 연락이 필요하거든요. 여기 '내 동생'이라 저장되어 있는데, 동생 맞아요? 부모님 번호는 아무리 찾아도 없네요."

난 순간 곧바로 대답하지 못했다. 상대가 언니의 가정환경을 어디까지 아는지 몰라서였다. 동생이 맞긴 한데, 친동생은 아니구요, 로 시작하는 구구절절한 설명을 해야하나? 그런데 언니는 왜 병원에 있지? 전화를 못 받을 정도로 아픈가? 머릿속이 어지러운 와중에 가까스로 그렇다고 대답했다. 수화기 건너의 상대방은 어른을 바꾸어달라며 10분 후 다시 전화를 걸겠다는 말을 남겼다.

나는 부리나케 이모들을 불렀다. 전화가 다시 오길 기다리는 몇 분이 몇 년 같았다. 언니에게 무슨 일이 생긴게 분명했다. 예상할 수 있는 어떤 사건보다도 끔찍한 일인 것만 같았다. 이모와 나는 모두 초조했다. 약속대로 회신이 왔다. 이모에게 전화를 바꿔주었다. 이런저런 얘기를 나눈 이모의 얼굴이 새파래졌다.

"아이고, 아이고…. 우리한테라도 말을 했어야지, 미련하게…. 아이고…."

이모는 주소를 묻더니 당장 병문안 갈 준비를 시작했다. 설명도 없이 손길만 부산했다. 그걸 보니 보통 일이 아니었다. 휴대폰을 돌려받은 나는 이모를 도울 생각도 못 한 채 덜덜 떨었다. 로봇 이모가 창백한 얼굴로 이쪽을 보았다.

보증금 사기였다. 언니는 목돈을 날린 걸 비관하여 옥상에서 뛰어내렸다. 목숨은 건졌지만 정신이 돌아오지 않았다. 이모들은 의료비를 지원받을 방법을 물색했다. 하지만 이미 졸업해 성인이 된 언니에게 보육원의 이름으로 해줄 수 있는 건 없었다. 이모들은 우리가 충격 받을 걸 걱정해 병문안에 데려가지 않았다. 대신 언니가 남긴 일기를 가져왔다. 언니가 퇴원할 때까지 응원하며 보관해달라고 했다.

언니의 일기장은 아주 얇았다. 단출한 재생지로 만들어진 표지에 마구 흐트러진 글씨가 휘갈겨져 있었다. 난그걸 한 자도 빼놓지 않고 곱씹었다. 홀로 일찍 사회에떨어진, 아이도 어른도 아닌 존재에게 악의로 뭉친 사람들이 얼마나 많이 접근하는지 알았다. 그런 언니가 얼마나 내몰렸는지도. 약삭빠르지 않거나 모든 걸 쉽게 믿으면 안 되었다. 그게 사회였다. 친구의 집을 전전하는 데에도 한계가 있었다.

언니가 바깥에서 만난 사람은 세 부류였다. 출신을 동정하는 이들과 버러지로 보는 사람들, 이용하려는 범죄자들. 언니는 자신에게 온갖 구슬픈 그림을 붙이고 눈시울을 적시는 사람들 앞에선 너무나 허무하다고 적었다. 그곳에 자신의 삶은 없었다. 언니는 동정의 대상이 되면서도 정말 필요한 조력은 얻지 못했다.

후자들은 더욱 끔찍했다. 언니의 삶을 알고 싶지 않은 무엇으로 치부하며 되레 성을 냈다. 어려움을 겪으면 출신 탓으로 돌렸다. 자신들은 넉넉한 형편 아래에서 약간의 노력을 해 얻은 것이면서, 우리는 전력을 다하더라도 얻지 못한 걸 가지지 않았다고 비난했다. 그걸 노력이 부족한 탓이라 했다. 차별받을 만하다고 했다. 그게 현실이라고 했다. 자신들도 힘들었으나 극복했다고 자랑했다. 그건 참 잔인한 착각이었다. 언니는 할 만큼 했다. 그러나 세파가 너무 강할 때 개인이 할 수 있는 건 한정적이었다. 아무것도 안 해본 게 아니라 해볼 만큼 해봤지만 방도가 막혔다. 더 노력하라는 말은 끔찍했다.

어쨌든 언니도 사회를 다 알지는 못했으므로 자주 표적이 되었다. 사람들은 그걸 약육강식이라는 말로 포장했다. 자신들이 사는 세상은 짐승의 생태계가 아니라 사람의 세계이면서. 그 사실을 잊은 듯했다. 고개를 돌린다고 우리 삶이 없어지는 게 아님에도. 땅속에 목을 집어넣으면 세상이 안 보일 줄 아는 타조들처럼 구는 이들이 많았다. 그 속에서 언니는 미래를 잃었고, 의지할 곳도 떠올리지 못했다.

언니에게 하고 싶은 말을 몇 번이나 메모장에 적었다. 어떤 말로도 언니를 위로하기 어려웠다. 차도가 있길 기도하는 수밖에 없었다. 간절히 기도문을 읊는 나를 로봇 이모가 구석에서 빤히 바라보았다. 로봇 이모도 날 위로하거나, 방법을 가르쳐줄 수 없었다. 로봇은 내 마음이 얼마나 황폐한지조차 상상하지 못했다. 저 무감동한 표정이 미웠다. 거기 비친 내 얼굴도 싫었다. 나는 이런 때도 울지 못했다. 역시 난 저 로봇 이모를 닮았다. 그 사실이 증오스러웠다. 울음은 죄다 어디로 갔을까. 왜 가슴이 타는 듯 슬픈데도 울 수 없을까. 눈물이 터지면 모든 세상이 무너질까 봐, 나라는 존재가 낱알조차도 남지 않을까 봐 마음을 억눌렀던 시절이 있었다. 가뭄이 길어지니 결국 눈물이 증발한 걸까.

언니도 이런 마음으로 바깥에 나갔을까. 바깥이 요구하는 삶과 내 현실이 통합되지 않는 사이를 버티는 삶. 그러다 보니 죄다 메마르고 마비되는 삶. 우리는 사실 어디에도 속하지 않는데 끊임없이 강요받기만 하는 삶. 대체 너희가 무엇이냐 물으면 나도 잘 설명할 수 없었다. 내게는 그걸 설명할 언어가 없었다.

누군가 인생의 열 가지 측면을 가지고 살 때 우리는 백 가지를 경험했다. 세상엔 천 가지, 만 가지를 체험하는 사람도 있을 것이다. 평범하냐 묻는다면 평범하고 정말 평범하냐 묻는다면 그렇지 않았다. 기준은 상대적이다. 그런데 바깥이 동류인 양 똘똘 뭉쳐 '일반'이란 말을 만들고, 그 범주에 속하지 않으므로 배제한다면 어찌해야 할지 모르겠다. 그들은 수많은 아이 사이에 우리가 섞인다면 조금도 구별하지 못한다. 그럼에도 그들은 우리에게 규정된 어떤 모습이 있으리라 믿는다.

언니의 시도는 비극으로 불릴 것이다.

우리는 평범하지만 '그들'의 평범함에 맞출 순 없었다. 우리에겐 우리만의 삶이 있다. 하지만 그들이 삶이라고 정한 기준이 우릴 아프게 할 땐 어떻게 살아야 할까.

✳

생일 파티가 예정된 주는 다들 늦잠을 허락받았다. 늘어지게 단잠을 자고 원하는 시간에 일어날 수 있었다. 빈둥댈 절호의 기회였지만 기분이 영 꿀꿀했다. 언니의 소식을 떠올리니 신이 나지 않았다. 아직 동생들은 사건을 몰랐다. 그저 이번 주 파티를 기대하며 누가 어떤 선물을 준비했는지 부산하게 떠들었다.

난 쓰던 대본 작업도 손에 잡히지 않았다. 무엇을 갖고 싶은지 떠보려는 동생들도 성가셔 매몰차게 거절했다. 서운한 얼굴로 물러나는 동생들의 뒷모습이 안쓰러웠다. 하지만 혼자 마음을 다독일 시간이 필요했다. 내가 맞닥뜨린 고민을 동생들과는 나눌 수 없었다. 그 애들은 월말에 어떤 케이크를 먹을지, 인형이나 손거울을 어떻게 포장할지, 선물을 어디에 숨길지 고민하는 거로 충분했다. 아이들 전부를 우울하게 만들고 싶진 않았다. 다만 내 기분까지 가릴 수는 없었다. 나는 방에 틀어박혀 휴대폰만 만졌다.

이모가 날 따로 불러냈다. 방 안 서랍엔 언니의 일기장이 비죽 튀어나와 있었다. 가슴이 덜컥 내려앉았다. 혹시 최악의 소식일까 봐 겁이 났다. 언니에게 돌이킬 수 없는 일이 생겼다면 어쩌지. 저 일기장이 유품이 되면 어쩌지. 머리가 곤두설 정도로 무서웠다. 난 소매를 부여잡으며 아래로 내려갔다. 이모는 표정이 좋지 않았다. 언니가 보고 싶었다. 입이 바싹 말랐다. 이모는 난처한 얼굴로 입을 열었다. 나는 무엇이든 각오했지만 막상 현실이 닥치니 손이 떨렸다. 그런데 이모가 전해준 소식은 전혀 의외의 것이었다.

"어머니가 돌아가셨단다."

아. 이건 또 무슨 소린가. 허탈했다. 생일 파티를 앞둔 월요일인데 엄마의 부고를 받았다.

최근 내가 얼마나 우울했는지 아는 이모가 조심스러운 태도로 내 표정을 살피다 뜸 들이며 장례에 참석하고 싶은지 물었다. 나는 담담한 얼굴로 이모의 설명을 들었다. 그리고 차분히 고개를 저었다. 머릿속엔 이런 생각만 떠올랐다.

'그렇게 살았는데 장례식도 열리는구나.'

이모는 알고 싶은 게 있다면 다 얘기해줄 테니 물어보라고 했다. 나는 묵묵히 사양했다. 이모는 이해한다고 말했다. 하지만 이런 말을 덧붙였다.

"마음이 바뀌면 언제든 말해도 돼. 혹시 네가 나중에 후회할까 봐 걱정되거든."

이모의 씁쓸한 어투에 기분은 더 침울했다. 무슨 근거로 후회한다는 말을 하는 걸까. 이것도 삶의 지혜일까. 솔직히 이제 와서 얼굴도 모르는 엄마의 죽음을 통보받아도 별 감흥은 없었다. 어디서 객사를 했는지, 사고를 당했는지, 병이 났는지, 자살을 했는지 알 바 아니었다. 이소식을 알았든 몰랐든 내 삶은 별반 달라지지 않는다. 어차피 독립은 정해졌고, 생일 파티는 열릴 것이며, 아끼던 언니는 병원에 입원했다. 엄마의 죽음은 딱히 특별한 사건은 아니었다. 그런데 이모는 마치 이게 응당 슬픈 무언가처럼 반응한다. 왜지? 혈연이라서? 오히려 이모의 태도를 보곤 마음이 심란했다. 부모가 곁에서 영향을 주었다면 그 죽음도 의미가 있다.

하지만 난 엄마를 미워할 기회도 없었다. 나를 제물로 바치고도 구원받지 못한 엄마에게 무슨 감정을 가지겠는가. 붉고 축축한 눈동자 외에 엄마를 증명할 건 아무것도 없었다. 그 눈동자를 직접 확인할 길이 영원히 사라졌을 뿐이다. 괜히 병원에 있는 언니만 더 떠올랐다.

우리가 이곳의 자식이 될 운명을 선택할 수 없던 것처럼, 엄마도 그런 엄마가 되길 선택할 수 없었겠지. 하지만 날 버린 것만은 스스로의 선택이었다. 나는 아기였고, 엄마는 어른이었으니까. 권한은 엄마에게 더 있었다. 어차피 내 엄마가 될 운명을 거부할 거였으면… 밥이라도, 잘, 먹고, 살아남아야, 할 거, 아닌가. 그럼 마음껏 증오라도 할 텐데.

엄마의 운명은 깃털보다도 가볍고 이팝나무의 꽃송이보다도 부질없었다. 딸에게조차 무엇으로도 남지 못한 여자의 운명은 어디로 갔을까. 고작 이렇게 끝나려고 발악하며 살았나. 유산으로 붉고 축축한 눈동자만을 남기고.

이모가 먼저 방으로 돌아간 후, 흰 양곡창고 문에 기대어 한참을 서 있었다. 페인트가 군데군데 까진 자국이 어떤 얼굴의 윤곽처럼 보였다. 그곳에 등을 대자 몸이 으슬으슬 시렸다. 눈물은 나오지 않는데 머릿속만 깜깜했다. 로봇 이모가 날 스치고 지나갔다.

지금 내게 떠오르는 질문들은 저 허여멀건 로봇으로서는 대답해줄 수 없었다. 지금의 내 속엔 왜 어떤 동요도 없고, 아릿한 슬픔조차 느껴지지 않는지. 내가 정말 어딘가 고장 난 건 아닌지. 대답해줄 사람이 없었다. 마비가 오랫동안 일어나면 로봇이나 사람이나 비슷한가 보다. 난 어떤 결괏값을 마음에 입력해야 할지 종잡을 수 없었다.

정문으로 들어오던 율이 날 발견했다. 입을 다물고 서 있는 날 지나치려다 얼굴을 살핀 율은 주변을 휙 둘러보았다. 아무도 없는 걸 확인하곤 이맛살을 찌푸리며 날 창고 안으로 끌었다.

"뭔 세상 다 산 얼굴로 있어. 초라하게."

"하필 들어와도 여기냐. 냄새나."

"니 얼굴이 딱 이 모양이라."

"……."

율은 꼭 이런 때만 눈치가 빨랐다. 나는 방금 들은 소식을 알려주었다. 엄마의 부고, 장례식에 참석할 기회를 거절한 것, 이모가 후회할지 모른다며 걱정한 말이 되레 속상했다는 거, 무엇이 잘못인지 알 수 없으니 울지도 못

하겠다는 것, 왜 어떤 여자는 그렇게 태어났다 죽는지 의문이라는 것들을 말했다. 갑자기 눈물을 쏟은 건 율 쪽이었다. 눈시울이 물들더니 굵은 눈물방울이 뚝뚝 흘렀다. 솔직히 어이없었다. 자기가 울긴 왜 울어. 그리고 약간 사랑스러웠다.

우리는 쌀 포대 위에 드러누웠다. 등과 목덜미가 까끌까끌 간지러웠다. 우리는 그곳에서 상상으로 엄마의 마지막을 채웠다. 가장 멋진 죽음들을 떠올렸다.

"감옥에서 척을 진 원수와 싸우다가 타살된 거야."

"마약 밀매를 하다 도주하는데 배신자가 도주로를 막은 거지. 그래서 봉지를 한꺼번에 입에 털어 넣었어."

"우주선을 타고 대기권 바깥까지 나가 헬멧을 벗어 던진 후 별똥별처럼 지구로 낙하하는 거."

"오른쪽 가슴을 베어내고 아마조네스처럼 강에 뛰어들기."

"날 생각했을까?"

"아마도."

"거짓말. 굳이 왜?"

"사랑했거나."

"와, 진짜 염치없다."

"미련이 있었거나."

"조금 기대한 적은 있지."

"음, 완벽히 잊고 싶었거나?"

"그게 제일 말은 되네. 하지만 셋 다 싫은데."

머릿속에서 엄마의 죽음은 점점 극적인 이미지로 변했다. 그건 우리가 할 수 있는 유일한 추모였다. 다이아몬드 비가 내리는 행성에서 질식하는 엄마, 빙하 속에서 매머드와 함께 냉동인간이 되는 엄마, 바이크를 타고 절벽 너머까지 달리는 엄마. 우리는 정말 다양한 죽음을 상상했다. 엄마는 내게 접근 금지 명령을 받은 상태였고 그걸 바꾸려 노력한 적도 없었다.

그런데도 나는 그 마지막을 이런 식으로 가꾸어주려 노력 중이다. 딸이니까? 딸은 그걸 위해 태어났나? 이상했다. 엄마와 나는 삶이 아니라 죽음으로 연결되었다. 그 사이는 눈물도 채우지 못한다. 우리의 추모는 파국으로 치달았다. 차라리 내가 이모들을 닮았다면 좋았을 텐데. 그랬다면 내 삶의 1퍼센트도 차지하지 못했던 이 죽음이 새삼스레 신경을 괴롭히는 일도 없었을 것이다.

우리는 잠시 묵념했다. 율이 곁에 있으니 울적함은 가셨다. 대신 졸음이 밀려왔다. 주변이 몽롱하고 눈이 살살 감겼다. 그러다 쌀 포대 언저리에 목을 찔려 깜짝 놀랐다. 다시 불면증에 걸린 사람처럼 정신이 깼다. 율은 다리를 만지며 생각에 잠겼다. 불현듯 떠오르는 옛 기억을 나누었다. 장례식에서 육개장을 먹으며 나누는 한담처럼.

"여기 오기 전에도 몇 달에 한 번씩은 수술을 받았어. 1년에 네다섯 번이었으니까 네 살까지 스무 번 정도였 겠지."

율의 뼈와 장기는 복원되었지만 다리를 분리하는 건 실패했다. 더 이상 생명에 지장이 가진 않았기에 율은 자 의로 미용 목적의 수술은 중지했다. 그게 어떤 심정이었 을지 전부 헤아릴 순 없었다. 율은 다만 이렇게 말했다.

"그때마다 보았던 엄마의 얼굴을 잊을 수가 없어. 차 라리 멋대로 상상할 자유가 있다면 좋겠어. 잊으려고 할 수록 꿈에서는 생생해. 그러니 그냥 엄마의 얼굴이 곁을 떠다니는 채로 살 수밖에."

"너무 선명한 것과, 모호한 것 중 뭐가 더 최악인지 모 르겠네."

"너도 언젠가는 엄마가 되고 싶어?"

"글쎄. 모르겠어. 날 찌를 때 엄마는 왜 혼자였을까. 왜 나를 찌르고도 미쳤고, 아니 미쳤기 때문에 찌른 건 가. 그런 짓을 저지르고도 왜 행복하지 못할까. 아니면 나름대로 행복했나? 만약 그렇다면 나는 좀 분할 것도 같아. 하지만 그 사람이 불행했든 행복했든 지금의 나와 는 상관없지. 다만 왜 이제서야 이름도 모르는 그 사람을 이렇게나 생각하는 중일까."

"엄마도 우리 같은 애들이 나올 줄 알았겠냐. 그냥, 살

다 보니 그렇게 된 거지. 우리도 엄마 같은 부모를 만날 줄
은 몰랐으니 그냥, 살면 되는 거고. 누가 죽었다는 소식은
그렇잖아. 괜히 삶을 돌아보게 돼. 하지만 엄마의 삶은 모
르겠다. 엄마가 되어본 적 없으니 아직 모르겠어. 알아도
모를 거고, 몰라서 더 낯설다. 신도 모를 일을 우리가 어찌
안담."

율이 애늙은이처럼 농담하곤 웃었다. 낡은 전등이 깜박
거렸다. 구석에 쳐진 거미줄이 흔들렸다. 손바닥만 한 환
기구 밖 풍경도 함께 흔들렸다. 율은 미소를 지우더니 한
숨을 내쉬었다. 고개를 둥글게 꺾으면 이팝나무 꽃이 보였
다. 눈여겨보지 않으면 모를 정도로 흔한 나무였지만 꽃이
필 때는 뽀얀 쌀알을 머금은 것처럼 화사했다. 머리에 무
명천 리본을 묶은 수백 명의 여자가 흔들리는 모습 같았다.

"살인보단 자살이 나아. 그걸로 하자. 네 엄마는 세상을
다 죽이기로 결심한 거야."

율은 그렇게 말하곤 내 머리를 쓰다듬었다. 나는 수긍
했다. 타인에게 상처를 입히는 일개 살인보다 자살은 더
욱 확실한 공격 방법이었다. 살인자들은 고작 물리적인
개인에게 위해를 가할 뿐이지만 자살은 그와 관계한 여러
세상을 한꺼번에 소멸시킨다. 어떻게 보면 테러에 버금가
는 공격이었다. 난 포대 자루 사이를 뒹굴었다. 등줄기가
따끔거렸다.

엄마가 죽인 세상에 내가 남았다.

옆구리가 아찔했다. 엄마도 나만 할 땐 꿈꾸던 삶이 있었을까. 대체 무슨 꿈을 꾸면 인생이 그렇게 되나. 어른이 되면 지금의 몽상 따윈 다 소용없나. 엄마도 어렸을 땐 자기 아이를 찌르고 병원에서 죽는 삶을 꿈꾸진 않았을 텐데. 엄마라는 존재에 호기심이 들었지만 동시에 엄마처럼 살고 싶지 않았다. 난 율에게 질문했다.

"넌, 다시 보고 싶어? 엄마."

"아니."

"어릴 땐 안 그랬잖아. 맨날 보고 싶다며."

"그땐 약속을 믿는 일만 할 수 있었으니까. 지금은…."

"더 이상 믿지 않아?"

"그렇지."

우리는 둘 다 입을 다물었다. 침묵이 코끝을 알싸하게 훑었다. 율은 이제 믿는 일보다 다른 걸 하려는 모양이었다. 그만큼 믿음이 사라진 삶은 가여웠지만 지금 누가 누굴 동정할 때가 아니었다. 난 고개를 흔들어 생각들을 털어버렸다. 바깥은 저녁 식사 시간이었다. 식당에서 밥 냄새가 풍겼다. 율이 코를 쿵쿵댔다.

"배고프다. 가자. 나 좀 일으켜줘."

율의 겨드랑이에 손을 넣어 휠체어에 앉는 걸 도왔다. 율은 팔 힘으로만 손잡이를 지탱했다. 우리는 애들이 식당

쪽으로 다 사라지면 나가기로 했다. 자리를 정리하는 동안
율이 중얼거렸다.

"개학 전에 수영 다시 배울까 봐."

"지원금 남았어?"

"방과 후 교실 끊고 그걸로 보내달라 할래. 어차피 공
부는 자습이 더 잘 맞고, 운동하면 공부에도 도움이 돼.
여름이잖아."

"그래. 잘하는 거 해. 수영 좋아하니까. 마음대로 해."

가상으로 꾸민 연극 무대가 아니더라도 율이 스스로 물
속에서 팔을 젓는다면 멋질 것이다. 수영하는 율은 인간
에게 꼭 두 다리가 있어야 한다는 생각을 버리도록 만든
다. 물속에서는 율의 곡선이 더 자연스럽다. 남들이 물살
에 저항하려 두 다리를 볼품없이 요동치는 데 비해 율은
물결을 타고 흐르는 것처럼 우아하게 수영한다. 내가 보
기에 수영의 본질을 잘 아는 쪽은 오히려 율이었다. 독립
하기 전까지 율이 다시 수영하는 모습을 본다면 감격스
러울 거다. 그런 생각을 하는데 율이 내 허리를 껴안았
다. 휠체어에 앉은 채라 그 애의 뺨이 내 배꼽에 닿았다.

"내가 네 엄마였으면 좋겠다."

"징그러운 소리."

"아니면 네가 내 엄마 하든가."

"그런다고 뭐가 달라져."

율이 이빨을 드러내며 웃었다. 이팝나무 꽃처럼 가늘고 하얀 이빨이었다.

"그냥. 영원한 사랑도, 기다림도 없지만 마음을 참는 건 힘드니까. 서로 엄마가 되어주면 어때. 그런 생각이 났어."

난 고개를 끄덕였다. 수많은 사람이 드나드는 보육원에서는 정을 덜 주고 마음을 조절하는 법이 익숙했다. 우릴 동정하던 사람도, 눈물을 글썽이거나 포옹을 퍼붓던 사람도, 꿈을 응원하며 너희의 가치를 믿는다던 사람들도 반년을 넘기지 못하고 태반이 사라진다. 부모들처럼. 그런데도 우리는 따뜻하게 다가오는 누군가를 거부하는 데 자주 실패한다. 우리 피의 대부분은 눈물로 이루어져서 그렇다. 눈물이 공명하는 그림자를 떨칠 수 없다. 사랑은 그늘 속에 있다. 마음이 발생할 때마다 속수무책이다. 안녕을 고하는 미래를 알면서도 한 번 더 믿고 싶은 마음을 놓지 못한다. 그러니 서로에게 응석을 허용하는 엄마가 되어주면 좋겠다. 가끔은 혼도 내고.

그 날 저녁밥은 조금밖에 먹을 수 없었다. 대신 율과 나는 방으로 함께 돌아가 몰래 초코파이 하나를 데워 먹고 잠들었다.

다음 날, 생일 파티가 미뤄진다는 소식이 들렸다. 나는 대본이나 열심히 쓰기로 했다.

4장
—
비명이 탄생하는 한여름

처음, 신은 한 명을 희생시킨다면 누구도 데려가지 않는 조건으로 제물을 요구했다. 사람들은 심해의 아이들 중 한 명을 바치기로 결정했다. 연고도 없고, 가진 것도, 효용가치도 없으니 제물이 되더라도 잃을 것 하나 없다는 판단에서였다. 그들은 날 지목했다. 그들의 뜻에 홀로 반기를 든 건 내 친구뿐이었다. 그러자 그들은 내 친구를 대신 제물로 바쳤다.

그 친구는 내가 가진 유일한 것이었다.

신은 그 애를 마을 바깥으로 데려갔다. 나는 한동안 그 애를 만날 수 없었다. 세간에는 신이 희생양을 어떻게 처리하는지에 대한 흉흉한 소문이 떠돌았다. 그렇게 되고 싶지 않으면 우리처럼 살지 말라 쑥덕댔다.

그들은 내 친구도, 나의 삶도 모르면서 쉽게 말하고 행동했다.

그래서 아직까지도 이 지옥 같은 별에 사는 거다.

✳

얼마 전부터 이모들은 자주 꼭대기 층 도서실에서 무언가를 모의했다. 우리는 미뤄진 생일 파티 계획을 짜는 줄로만 알았다. 한참 기다린 만큼 더 특별한 걸 준비했을지도 몰랐다. 함께 음식을 먹고, 웃고, 놀면 기분 전환이 되니까. 은근히 기대는 되었다.

다만 회의가 너무 자주 열렸다. 얼마나 대단한 아이디어를 내길래. 우리의 파티라고 해봤자 케이크와 배달 음식을 시키고 선물 교환을 하면 끝이었다. 그런데 이모들의 회의는 갈수록 늘었다. 더군다나 회의는 미리 예고된 게 아니었다. 즉석에서 누군가 소집하면 급히 달려가는 종류였다. 빨래를 개다가 내팽개치고 5층으로 뛰어가는 이모들을 보았다. 이모들은 회의 내용을 비밀에 부쳤다. 아무래도 이상했다.

이모들이 무얼 하는지 떠보려고 시도하기도 했다. 방에 돌아온 이모들의 표정은 좋지 않았다. 어두운 얼굴로 사무용 컴퓨터 앞에서 말없이 화면을 노려보거나, 죽을

끓이다 국자를 태웠다. 평소의 이모들이라면 절대 실수할
리 없는 일이었다. 우리는 눈치를 보았다. 동생들은 분명
큰 파티를 계획하는 거라 떠벌렸지만 나와 율은 미묘한
불안을 느꼈다. 보육원의 일정이라는 게 임기응변으로 결
정되는 경우가 많지만 이런 식으로 긴급회의가 발생하는
건 드물었다.

"혹시 또 누구 학교폭력위원회 열린 거 아니야?"

"방학이라 누가 사고 칠 일은 없을 텐데. 저번에 이모
들끼리 막 소리 지르기도 하더라고."

"생일 파티 계획치고는 너무 격하지. 아무래도."

몰래 이모들의 안색을 살펴도 답은 없었다. 전에 어떤
애가 학교에서 문제를 일으켜 소년원에 가야 할지 재판
이 열렸었다. 그때만큼 이모들의 분위기가 무거웠다. 즐
거운 파티를 기획하는 얼굴들은 아니었다. 낯빛은 창백하
고 해쓱했다. 그러나 우리가 주말에 케이크를 먹느냐고
물으면 이모들은 당연한 걸 묻는다며 답을 일축했다. 우
리는 더더욱 헷갈렸다.

특히 평소 장난을 잘 치던 젊은 이모까지 표정을 굳히
는 게 이상했다. 어른들 사이에 감도는 중압감은 날로 커
졌다. 나중에는 분위기 파악을 못 하고 떠들던 동생들까
지 침착하게 변했다. 이모들이 회의를 다녀온 날이면 밥
상 앞에서도 투정부리지 않고 숟가락질을 끝낸 후 얌전

히 숙제하러 갈 정도였다.

결국, 우려했던 일이 벌어졌다. 이모들 한 무리가 퇴근하지 않고 원장실 앞에서 문을 두드리며 성토를 시작했다. 그 광경을 보고 아이들은 깜짝 놀랐다. 그 이모들은 우릴 훈육할 때도 소리 한번 지르지 않던 인내심 깊은 사람들이기 때문이었다.

모든 원흉은 회의였다. 우리는 그렇게 생각했다. 이모들이 분개하는 연유가 궁금했다. 내가 총대를 메기로 했다. 회의실로 가서 휴대폰을 문틈으로 밀어 넣었다. 이모들의 말소리를 녹음하여 도망쳤다. 율과 함께 창고에 숨어 그걸 들었다. 음성 파일의 볼륨을 높이자 이런 말들이 들렸다.

"이렇게 일방적으로 해고를 통보하는 법이 어디 있어요."

"제대로 된 로봇도 아니고 폐품 처리된 걸 싼값에 샀으면서, 보육을 전부 맡긴다는 게 말이 돼요?"

"이미 언론 플레이에 들어갔나 봐요. 차세대 복지라나 뭐라나. 아예 시설 용도를 바꾼다는 말도 있어요. 노인 복지 시설로 바꾸면 용역비도 저렴하고 아이들보다 관리도 쉽다면서…."

파일에서 흘러나온 내용은 충격적이었다. 율과 나는 동시에 얼어붙었다. 원장과 이사회가 이모들에게 무언가를 일방적으로 지시했다. 구조조정, 정관 변경, 보육 시설 해체 등 심상치 않은 단어들이 들렸다. 그중 가장 기절초풍할 만한 건 오늘 우리 방에 왔던 이모가 이미 해고되었다는 사실이었다.

"이게 무슨 소리야. 그저께도 오늘도 오셨는데."

"3층 1호실 이모랑 2층 이모들도 잘렸다는데."

"지금 전부 회의실에 계시잖아."

"이모들이 화난 이유가 이건가 봐. 뭐가 어떻게 돌아가는 건지 영 모르겠네."

"구조조정이니 뭐니 그런 건 회사에서나 하는 거 아니야? 우리 집에서 그런 걸 왜 해."

"몰라. 아무래도 직접 가서 물어봐야겠어."

율과 나는 녹음 파일을 들고 회의실을 무작정 노크했다. 우리가 증거물을 들고 쳐들어오자 이모들은 적잖이 당황했다. 오면 안 된다며 등을 떠밀었지만 율과 나도 만만찮았다. 우리가 들은 단어들의 정체를 알고 싶었다. 우리는 완고하게 문 앞에서 버텼다. 이모들이 밀어도 문틀에 매달려 나가지 않았다. 우리가 얼마나 고집쟁이인지는 익히 알려져 있었다. 이모들이 비밀을 숨기면 우리도 끝까지 파헤칠 작정이었다. 쉽게 물러서지 않을 의지를 눈치챘는지 이모 중 한 사람이 손짓했다.

"그냥 말해줘요. 애들도 다 컸으니, 알 건 알아야죠. 뭣도 모르고 당하는 것보단 그게 나아요."

"일단 너희만 알고 있어."

허락이 떨어지자 우리는 얼른 문간을 넘었다. 도서관 책상들을 일렬로 붙인 회의실엔 글자들이 빼곡히 적힌 서류가 가득했다. 머리를 싸맨 흔적이 역력한 필기가 화이트보드에 어지러이 널렸고 중앙에 커다랗게 '해고 통지서'라는 글씨가 보였다. 우리는 다급하게 물었다.

"이모들 어디 안 가고 우리랑 있는 거 맞아요? 쫓겨나는 거 아니죠?"

이모들이 한숨을 쉬었다. 이모들은 다른 동생들이 따라오지 않았음을 확인한 후 문을 잠갔다. 막상 우릴 안으로 들였지만 설명할 말을 찾지 못하고 우물쭈물했다. 그럴수록 더욱 초조했다. 이모들의 낯빛도 점점 우울했다. 그중 평소 호랑이 이모로 소문난 분이 운을 뗐다. 이모는 우리가 이해할 수 있도록 찬찬히 설명했다.

"재단이 선우원 부지를 팔겠다고 결정했어. 우리에겐 한마디 상의도 없이. 날치기도 그런 날치기가 없었지. 너희에게 어디까지 말해주어야 할지 모르겠지만. 정관 변경까지 마쳤어. 보통은 총회를 소집해서 의견을 물어야 하는데, 자기들끼리 인원수가 충족되었다고 신고했는지 어느새 멋대로 진행한 후 이제서야 통보한 거야."

"이사라도 가는 건가요?"

"아니. 아마 최악의 경우 뿔뿔이 흩어져야 할 수도 있어.

이곳은 더 이상 우리 집이 아니게 되거든. 여긴 아동 보육 시설로 등록되었는데 그 용도를 변경한대. 시설 목적이 바뀌면 이모들을 싹 해고할 수 있단다. 그럼 더 값싼 인력을 고용할 거고, 우리 보호사들은….”

이모는 잠시 방구석의 콘센트를 바라보았다. 그곳엔 로봇 이모들의 충전 단말기가 있었다. 이모는 착잡한 표정으로 그걸 응시했다.

“로봇들로 바뀐단다. 저 로봇들을 들여온 공장이 폐업할 때 대량으로 싸게 구입한 물건들이 있어. 그걸로 교체하겠대.”

“그럼 A/S나 관리도 안 되는 거잖아요. 그리고 저 로봇이모들이 어떻게 우릴 다 돌봐요?”

“인건비가 저렴하니까. 대상자가 노인들이면 불만도 없으리라 생각하는 거지. 기계에 대해선 잘 모르고, 불평할 기력도 없을 테니까. 우리 같은 아동 시설은 보조금이 적게 나와. 이사회는 대상자들 수만큼 돈을 더 받는 사업으로 바꾸고 싶은 거야. 말로는 경영상의 이유 운운하지만 말이야. 이모들은 동의하지 않아. 이곳이 어디 수익을 목표로 하는 곳이니? 그럴 거면 나가서 장사나 하지.”

“진짜 말도 안 돼요.”

“그렇지. 물론 하루아침에 건물을 허물지는 않을 테니 너흰 안전할 거야. 다만 이곳이 더 이상 법적으로 우리 집이 아니게 되면 방을 비워줘야 해. 원장은 벌써 더 많은 대상자에게 복지를 베푸는 혁신 어쩌고 하면서 입에 발린 말을 시작했어. 하지만 한쪽을 배제하면서 머릿수만 늘린다고 우리 삶이 개선되는 건 아니지. 그것도 본인들의 욕심을 위장한 채 통보하는 식이라면 믿을 수 없어."

청천벽력 같은 소식이었다. 독립이 예정되었지만 이런 식으로는 아니었다. 10년도 넘게 산 선우원이 사라진다고? 그렇다면 독립 후에도 내 뿌리는 없어지는 셈이다. 가끔 이놈의 보육원 생활이 지긋지긋하다 불평하긴 했지만 이팔청춘을 여기서 다 보냈다. 선우원은 유일하게 신뢰하는 피난소이자 안식처였다. 이런 선우원의 존폐를 정작 우리의 의견은 하나도 반영하지 않고 멋대로 위에서 결정했다니.

그 사실이 쇼크였다. 우릴 '대상자'라고 부른다는 것도, 머릿수마다 금액이 매겨진다는 것도 처음 알았다. 굉장히 낯설고 거슬리는 감각이었다. 우리는 서로를 가족으로 생각했지만 이사회와 원장은 예외였다. 손바닥에 땀이 흥건했다. 율도 말이 없었다. 굳은 낯으로 이모와 나의 대화를 경청했다.

"그딴 일이 왜 가능해요?"

"법적으론 그래. 이미 조약을 바꾸었으니. 하지만 원장과 몇 패거리의 독단적인 결정일 뿐이야. 날 포함해 다른 이모 몇은 형식상으로 출근이 불가능하지만. 이모들은 다 같이 항의할 예정이란다. 방법을 찾아야지."

잠자코 듣던 율이 떨리는 목소리로 입을 열었다.

"다른 집들은, 그러니까, 다른 가정들 말이에요. 다른 집들은 경영상의 문제가 생기면 어떻게 해요? 그런 일이 일어나긴 하나요?"

"글쎄, 그것까진 잘 모르지만…."

이모 허리춤의 휴대폰이 울렸다. 다른 이모에게서 온 호출이었다. 이모는 답장을 적곤 허리를 숙여 율과 나를 한 번씩 껴안았다.

"이모들은 한동안 정신없을지도 몰라. 우리도 이런 경우는 처음이라. 너희에게 신경을 많이 못 쓸 거야. 미안해. 그동안 너희가 동생들을 도와주겠니? 밥이랑 숙제랑 빼먹지 말고, 저녁엔 일찍 씻고 자면 돼."

"……."

"괜찮아. 걱정하지 마. 이모들은 너희를 남부럽지 않게 키우겠다고 다짐했어. 멀리 떠난 분이든, 이곳에 남은 분이든 마음은 똑같단다. 너희를 포기할 일은 절대 없어. 알았지? 그러려면 지금부터 이모들이 싸워야 해. 이해해줄 수 있겠니?"

이모는 우릴 안심시키려고 최선을 다했다. 우리도 이모들을 믿는다는 걸, 기다릴 수 있다는 걸, 잘할 수 있음을 약속하고 싶었다. 하지만 입은 쉽게 떨어지지 않았다. 오늘 알게 된 사실들이 머릿속에서 뒤죽박죽 엉켰다. 우리의 세상은 어떻게 될까. 미래는 어떻게 변할까. 난 가까스로 고개를 끄덕였다. 엄습하는 무서움에 이모를 껴안았다. 긴장으로 팔뚝이 차가웠다. 어쨌든 이모들은 지금 회의실을 떠나야 했다. 나와 율은 조용히 아래층으로 내려왔다.

우리는 각자 책상 앞에 앉아 생각에 잠겼다. 눈에 들어오지도 않는 책을 폈다. 공부하는 척을 시작했다. 소식이 궁금한 동생들은 우리 방을 기웃거렸다. 그러나 누구도 돌아보지 않자 조용히 거실로 가 텔레비전 소리를 줄였다. 나와 율은 그것만으로도 고마웠다. 답을 쓰지 못하는 손을 책 위에 둔 채 저녁 내내 방에 처박혔다. 누구도 생일 이야기는 꺼내지 않았다. 나날이 무더운 날씨에 땀만 흥건했다.

✳

이모들이 농성을 시작했다. 우리 집을 최종적으로 팔아 넘기기 위해선 원장실의 직인이 필요했다. 이모들은 원장이 함부로 도장을 가지고 나가지 못하도록 공간을 점령했다. 붉은 글씨가 적힌 판자를 목에 걸고 원장실 앞 복도에 늘어섰다. '재단의 졸속 처리는 부당하다', '돈에 눈

멀어 아이들과 생이별이 웬 말이냐', '재단은 우리와 대화
하라', '가족들의 터전을 돌려 달라!' 등의 문구가 선우원
을 채웠다.

원장은 그 날부터 출근을 거부했다. 이모들도 자신의
가정으로 돌아가지 않았다. 우리 방에도 올 수 없었다.
보조이모들만 1층부터 5층을 오가며 우릴 챙겼다. 예전
에 비슷한 일을 겪어본 이모를 중심으로 복도에서 회의
가 열렸다. 시위를 진행하는 데에 필요한 요소들은 모두
안건으로 올렸다. 누구나 의결 사항을 알고 싶으면 복도
로 나오면 되었다.

로봇 이모들을 시위에 참여시킬지 아닐지에 대해서는
의견이 분분했다. 어떤 이들은 저들 때문에 우리가 잘리
니 로봇을 폐기하자는 의견을 냈다. 다른 이들은 그래도
지금까지 같이 일했으니 함께 시위를 해야 한다고 했다.
고작 로봇에게 무엇을 바라느냐는 말도 많았다. 시위는
거의 모든 사람이 참여했기 때문에, 예의상 로봇 이모들
에게도 참여 의사를 물었다. 한 이모가 대표로 나섰다.
로봇 이모들에게 질문하자 로봇들의 대답은 한결같았다.

"나는 아이들을 돌보는 목표를 위해 여기 있다. 보육이
란 아동들을 건강하고 안전하게 보호, 교육하고 발달 특
성에 맞는 서비스를 제공하는 것."

"그러니까, 그걸 하려면 지금 이 시위가 필요해. 참여

할 거야, 말 거야?"

"나는 아이들을 돌보는 목표를 위해 여기 있다. 보육
이란…."

"어휴, 말을 말자."

결국 이모들은 로봇들을 예외 취급하기로 했다. 로봇
이모들은 사람들의 분위기에 상관 않고 복도와 방을 돌
아다녔다. 오직 로봇들만 마음대로 움직였다. 대다수는
로봇들을 신경 쓰지 않았다. 율만 예외였다. 율은 아직
로봇 이모들이 원장의 수하라고 의심했다. 로봇들을 통해
원장이 사람들을 감시한다는 의혹을 가졌다. 율은 이모들
이 복도에 둘러앉아 회의를 시작하면 로봇들을 슬쩍 벽
으로 돌려놓았다.

이모들은 밤을 새울 작정이었다. 온갖 돗자리와 박스,
방석을 가져와 복도를 메웠다. 이내 복도는 거대한 캠핑
장처럼 변했다. 시위는 뉴스에서 본 것처럼 무시무시하고
엄숙한 줄로만 알았는데, 이모들의 시위장은 어딘지 아
늑했다. 우리와 놀이할 때 사용했던 텐트를 가져온 바람
에 복도가 알록달록했다.

반면 그 속에서 구호를 외치는 이모들의 모습은 낯설
었다. 바닥에 엉덩이를 댄 채 함성을 지르는 이모들….
허리가 굽은 이모, 마른 이모, 무릎이 쑤시고 손에 건선
이 생긴 이모, 처음 참여하는 이모, 능숙한 이모 할 것 없

이 부동자세로 자리를 지켰다. 이모들이 동시에 구호를 외치면 단호한 결의가 우리에게 전해졌다.

아웅다웅 살아왔던 이모들의 이면에 이런 힘이 있었다는 게 놀라웠다. 집안일을 하느라 두꺼워진 이모들의 팔은 처음부터 이런 자리에 어울렸던 양 단단했다. 의연한 모습이 존경스러웠다. 우리는 원장에게 지고 싶지 않았다. 원장은 우리 모두가 일종의 부품이고, 고장 나거나 녹슬면 다른 거로 갈아 끼우면 그만이라는 양 처신했다. 그렇다면 왜 제일 고장 난 본인은 고칠 생각을 않지? 원장의 기계적인 사유 속에서 자신만은 예외였다. 사람은 물건이 아니다. 원장은 자기 자신만을 인간으로 대접하면서 다른 모든 것들은 쉽게 물화(物化)했다.

어쨌든 이모들은 우리가 대상자로 불리기 이전에 가족이었고, 저항할 줄 아는 인간이라는 걸 온몸으로 표현했다. 이모들에겐 목소리가 있었다. 이전까지는 듣지 못했던 목소리였다. 이모들이 그걸 내지르는 장면을 목도하니 신경이 바짝 살아났다.

이모들은 무기한 시위를 벌일 작정이었다. 율과 온종일 방 안에서 걱정했던 것과 달리 복도는 생명력으로 넘쳤다. 일종의 스릴감이었는지도 모른다. 삶이 권태로울 때 일부러 죽음의 기로를 아슬아슬하게 스치는 체험을 찾는다는데, 지금 우리는 그런 게 필요 없었다. 온갖 잡생각이 사라지고 삶을 버티는 데에 온전히 집중하는 순간. 그런 찰나가 우리에게 찾아왔다. 이곳에 모인 사람들은 어느 장단에 맞추어도 가짜같이 느껴지는 삶에 신물이 났었다. 지금 우리는 타인들이 부여하는 역할을 벗어 던진 채 목소리를 냈다. 고무장갑과 앞치마가 익숙했던 이모들은 지금 새로운 종류의 투사였다.

나이가 지긋한 이모들이 '사계'를 선창했다. 노래 하나가 끝나면 젊은 이모들이 이어 소녀시대의 '다시 만난 세계'를 불렀다. 우리도 가사를 따라 했다. 빨간 꽃, 노란 꽃, 꽃밭 가득 피어도…. 하얀 나비 꽃 나비 담장 위에 날아도…. 사랑해 널 이 느낌 이대로…. 이모들은 노래를 서로에게 알려주었다. 복도는 음악으로 가득 찼다.

이런 대치 상황이 언제까지 지속될진 누구도 몰랐다. 원장이 대화를 하러 나타나야만 진척이 있었다. 다들 하루빨리 해결되길 바랐지만 장기화할 경우도 대비해야 했다. 이모들은 한 가지 원칙만을 고수했다.

'누구도 다치지 말자.'

이 약속이 잘 지켜질지는 확신할 수 없었다. 그런 싸움이란 불가능하니까. 하지만 이모들은 처음부터 이 약속을 위해 시위를 시작했다. 이모들은 누구보다 잘 알았다. 세상에 어떤 약속이 우선시되어야 하는지. 그래서 불가능을 향해 도전했다. 사람이 태어난 이유는 우주가 가진 스케

일과 무한을 겨루기 위해서인지도 몰랐다.

무더위 속에서도 자리를 지키는 이모들을 보고 율이 물었다.

"우리도 할 수 있는 일 없을까?"

한참 생각에 잠기던 율은 어디선가 접이식 테이블을 가져왔다. 그걸 이모들 옆에 펴고 공부를 시작했다. 이모들은 너희까지 그럴 필요 없다며 만류했다. 하지만 다른 일도 아니고 공부를 하겠다는데 딱히 문제 될 건 없었다. 우리는 바깥바람을 쐬면 공부가 더 잘된다 우겼다. 이모들은 결국 허락했다. 아이들은 다 같이 작은 탁자나 박스를 들고 나와 이모들 사이사이에 앉았다.

율과 나는 흰 양곡창고 문 앞에 자리 잡았다. 땡볕에도 시원한 기운이 등을 타고 올라왔다. 율은 문제집에 열중했다. 난 곁에서 대본을 썼다. 가끔 복도를 채운 이모들의 모습을 휴대폰 카메라에 담았다. 아이들은 숙제와 알림장을 들고 계단을 오갔다. 바닥에 앉아 공깃돌을 던지거나 색칠 놀이, 클레이 만들기를 했다.

이모들이 회의를 시작하면 우리도 그걸 엿들었다. 듣는 귀가 많을수록 목소리는 형태를 갖추었다. 이해하면 한 대로, 못하면 못한 대로 우리는 집에서 일어나는 일을 투명하게 알기 시작했다.

일상은 별반 달라지지 않았다. 일어나서 밥을 먹고,

숙제를 하고, 학원에 다녀왔다. 친구들과 놀고 투덕거렸다. 어떤 애들은 내심 이런 상황을 반겼다. 원래 이모들은 하루 반나절 기준으로 교대했으니 일정 시간이 지나면 볼 수 없었다. 하고 싶은 말이 있어도 하루를 걸러 기다려야 했다. 그런데 지금은 이모들이 온종일 여기 있었다. 그게 아이들에게 묘한 안정감을 주었다.

어떤 애들은 복도를 유토피아라고 불렀다. 우리는 공부하는 척하다가도 이모들에게 다가가 어깨를 주물러드렸다. 평소 이모들을 독점하는 건 굉장한 배신이었고, 이런 식으로 아부하는 애는 눈에 났다. 하지만 이제는 괜찮았다. 이모들이 항상 우리 곁에 있으니 조급할 필요가 없었다. 아이들은 훨씬 너그러워졌다. 어떤 애는 밥까지 복도에서 먹겠다고 했다가 타박을 들었다.

그 마음도 이해는 갔다. 우리는 실내가 지겨우면 이모들이 보이는 공터에서 술래잡기나 공차기를 했다. 아이들까지 내려오자 복도는 시끌벅적했다. 이모들은 성난 얼굴로 구호를 외치다가도 아이들이 다가오면 품 안에 넣고 볼을 부볐다.

원장은 계속 협상을 거부했다. 몇 가지 회유책을 내놓았으나 결국 자기 입맛대로 맞추라는 말뿐이었다. 이모들은 제안을 완강히 거부했다. 원장이 직접 와 얘기하길 촉구했다. 시위가 길어질 조짐이 보였다.

"미뤘던 생일 파티를 이곳에서 여는 게 어때요?"

한 이모가 생일 파티를 복도에서 하자고 제안했다. 거수투표 결과 전원이 찬성했다.

"야외 파티네. 새롭고 좋다. 좋아."

"크리스마스 때 썼던 장식도 몇 개 가져와서 달고, 간이 책상들 놓은 다음 식탁보를 깔면 예쁠 거예요."

"건너 지역 팀장님이 음료수 지원해주신다고 했으니까. 그거랑 케이크는 가운데에 놓읍시다. 어지간한 만찬장 안 부럽겠네."

꽤 멋진 아이디어였다. 바깥에서 성대하게 여는 야외 파티라니. 평생 기억에 남을 만한 이벤트였다. 그동안은 방에서 조촐하게 박수를 치는 게 전부였으니까. 더군다나 복도는 원래 함부로 앉거나 눕는 게 금지된 공간이었다. 특히 원장실 앞에서 시끄럽게 굴면 혼이 났다. 그런데 지금은 다들 제멋대로 뒹굴거나 앉아 있다. 이런 상황에서 생일축하 파티라니, 일탈을 저지르는 것처럼 재미있었다. 우리는 흥이 올랐다. 금세 이런저런 계획을 앞다투어 내놓았다.

다들 창고로 달려가 책상들을 옮겨 왔다. 길게 두 줄을 맞추고 바닥엔 신문지를 펼쳐 선물을 쌓았다. 알록달록한 과자들도 접시에 담고, 꼬마전구로 조명도 연출했다. 이모들의 솜씨는 녹슬지 않았다. 여러 명의 이모가 한꺼번에

125

달려들자 금세 아기자기한 생일 식탁이 완성되었다.

아이들도 신이 났다. 치킨과 피자를 직접 배달하겠다, 색종이로 파티 장식을 접겠다, 스티커로 식탁보를 꾸미겠다, 용돈을 털어 아이스크림을 사 오겠다는 등의 의견을 냈다. 이모들은 흔쾌히 오케이를 외쳤다. 이 파티는 모두의 것이었으니 다들 한마디씩 얹었다. 촛불을 붙이고 생일 노래를 마친 후엔 이모들의 구호와 노래를 우리도 따라 부르기로 했다. 복도는 금방 소란해졌다.

동생 중 하나가 비품을 보관하는 창고에서 색색의 오너먼트들을 찾아냈다. 털실로 짠 파스텔톤 공이나 퀼트로 만든 별, 쿠키와 눈사람 모양 고리와 꽃가지를 엮은 리스들이었다. 우리는 깔깔대며 그걸 여기저기 걸었다. 한여름의 크리스마스가 찾아왔다.

마무리를 하고 불을 켜자 복도는 동화 속 비밀 아지트처럼 환상적인 분위기가 되었다. 다들 감탄을 금치 못했다. 시위를 한다는 건 긴장감이 높은 일이었지만, 우리는 이런 순간을 만들어냈다. 이모들도 어린 시절로 돌아간 양 잔뜩 웃었다.

테이블은 그야말로 파격적이었다. 언제나 원장의 관리하에 통제되었던 복도를 우리다운 물건으로 꾸몄다. 화단에서 가져온 방울토마토와, 날개 모양으로 접은 냅킨, 긴 풍선을 푸들 모양으로 만든 작품…. 각자 부릴 수 있는 재주는 다 발휘했다. 하고 싶은 건 자유롭게 했다. 누군가 이걸 해보자고 제안하면 다들 환호성을 질렀다.

그럴수록 우리는 더 신이 났다. 아이들이 멋대로 그릇에 짠 케첩을 보고 박장대소하고, 유튜브로 음악도 틀었다. 한 이모가 만약 겨울까지 시위가 계속된다면 다 같이 김장 대회를 하자고 제안해 배를 잡고 웃었다. 우리는 부러 더 시끄럽게 깔깔대고 떠들었다. 복도가 외롭지 않게, 이곳의 가족이 누구인지 보여주려는 듯 활개쳤다.

오늘은 가장 대단한 생일날이었다.

이모들이 슬퍼할까 봐 입 밖으로 낸 적은 없었지만 운 좋게 생존했음에도 세상에서 사라지고 싶은 날이 많았다. 옆구리의 흠집은 입을 열어 그걸 자주 종용했다. 생일 축하해, 이 말은 내게 참 중요했다. 태어나면서부터 찔린 네가 지금까지 살아남았구나, 그걸 기리는 의미였다. 선우원 가족들의 축하가 없었다면 엄마가 후빈 공간은 점점 커져 공허한 바람만 술술 불었을 거다. 폐부 깊이 파인 공백은 쉽사리 채워지지 않았다. 아무리 껍질을 단단히 해도 속부터 상하는 데에는 방책이 없었다.

독립한 언니의 입원 소식이 충격적이던 것도 이 때문이었다. 언니는 무엇이든 열심히 하고, 밝고, 성실한 사람이었는데. 인사도 잘하고 어른들에게도 싹싹했다. 그런 언니가 선택한 결론을 믿을 수 없었다. 열심히 노력하며 산 존재조차 견디기 힘든 사회란 대체 무엇일까. 얼마나 더 고달픈 삶을 견뎌야 할까. 이런 생각이 들 때마다 휘청거렸다.

그러니 생일만큼은 진심으로 웃으며 축하받고 싶었다. 적어도 '다 끝내버릴래'에서 '하고 싶은 건 다 해보고 죽어야지'로 생각이 바뀌니까. 내가 지금까지 살아 있는 건 결코 죽음을 한 번도 생각해보지 않아서가 아니었다. 죽음 따위는 수없이 느꼈고 생각했다. 다만 아직 더 사랑하고 싶은 순간들이 있어 살았다.

"원장이 오겠다고 연락 왔어요. 직접 협상하겠대요."

막내 이모가 허겁지겁 뛰어오며 소리쳤다. 이모들의 얼굴에 화색이 돌았다. 우리는 박수를 쳤다.

"너희가 복덩이인가 보다. 바라던 희소식이 왔네."

다른 이모들이 율과 내 등을 두들기며 미소 지었다. 이모들은 더욱 분주해졌다. 테이블을 가꾸는 손을 멈추지 않으면서 원장과 어떤 말을 할지 의논했다.

"인정머리가 아예 없진 않은 모양이지."

"이렇게 결사반대를 하는데. 눈 깜짝 안 하면 그게 인간인가."

"아무렴. 엄연히 사람 사는 공간인데. 장사 놀음도 아니고. 원장씩이나 해 먹은 사람이 그렇게 살면 안 되는 거야."

"원장이 중재하면 이사회도 생각을 바꾸겠지?"

"우리만 이러는 것보다는 낫지."

이모들의 대화에 가슴을 쓸어내렸다. 원장은 저녁 먹는 시간 전에 방문하겠다고 연락했다. 그럼 협상을 마치고 생일 파티까지 훌륭하게 열 수 있었다. 색종이로 만든 가랜드가 구석에서 반짝였다. 난 그곳에 가족들에게 줄 카드를 달기로 했다. 케이크를 먹고 나면 이모들에게 원장과 어떤 얘기를 주고받았는지 물어봐야지. 세상에 조기교육이 유행이라면 우리는 역경에 관한 조기교육을 받은 셈이다.

이모들을 본받고 싶었다. 품에 숨겼던 여러 장의 카드를 꺼내 가족들의 이름을 적었다. 곁에서 율이 한숨을 쉬었다. 잠자코 공부만 하는 줄 알았는데, 그 애도 제법 마음을 졸인 모양이었다. 하긴 율은 내가 떠나도 몇 년은 더 선우원에서 살아야 하니, 집이 증발하여 낯선 사람들에게 얹혀 지낸다면 정말 고역일 테다. 내가 그 애를 쳐다보자 율은 눈을 마주치곤 씩 웃었다.

"난 지금까지 살아 있는 것도 기적이랬으니까, 가끔 평생 쓸 운을 다 썼을까 걱정이 들지 뭐야."

그 애의 어투는 조금 서글펐다. 난 거듭 말했다. 걱정하지 말라고, 다 잘될 거라고, 괜찮을 거라고.

율은 휠체어를 밀어달라 부탁했다. 이모들 일부는 회

의실로 들어가 협상할 내용을 정리했다. 나머지는 불안과 기대감이 뒤섞인 얼굴로 뒷정리를 했다. 원장이 오면 매우 바쁠 거였다. 나와 율은 동생들에게 미리 방에 올라가 선물을 챙기라고 전했다. 난 카드들을 갈무리했다. 손바닥만 한 카드 수십 장이 달각거렸다. 이걸 함께 나눠 읽으며 올해의 생일을 마무리하고 싶었다. 율과 나의 한 뼘 성장을 기념하면서 말이다.

우리는 양곡창고에 기대어 이모가 부탁한 음식들을 확인했다. 길이 많이 막히는지 20분 전에 도착했어야 할 배달 음식들이 오지 않았다. 율이 눈살을 찌푸리며 내 옆구리를 팔꿈치로 찔렀다. 율은 로봇 이모를 손가락으로 가리켰다.

"좀 이상하지 않아?"

율은 아직도 로봇 이모들에게 집착했다. 하지만 원장이 오기로 했고, 지금까지 별문제 없었다. 난 너무 피해 의식에만 매달려 있는 것도 좋지 않다고 핀잔했다. 그때 로봇 이모의 눈이 묘한 색으로 빛났다. 그 눈은 이모들이 테이블 위에 올려둔 협상안 서류로 향했다. 로봇 이모의 고개가 천천히 돌아갔다. 스캐너에서 나오는 것과 같은 녹색 빛이 샜다.

이모들은 분주한 나머지 누구도 그걸 알아채지 못했다. 로봇 이모의 시선이 종이 위를 훑었다. 그리고 이어 이모들의 얼굴 쪽으로 향했다. 갑자기 율이 휠체어 바퀴를 획 굴려 달려갔다. 말릴 새도 없었다. 그 애는 로봇 이모를 들이받았다.

"고자질쟁이! 배신자! 깡통들이 하는 일이 다 그렇지, 원장에게 일러바쳤죠? 어떻게 그럴 수 있어? 대체 누구를 위해 여기 있어요! 스스로 할 줄 아는 게 뭐야? 그러고도 우리 이모야?"

난 허겁지겁 율의 뒤를 쫓았다. 버럭 소리를 지르는 율의 목소리에 사람들의 시선이 이쪽으로 쏠렸다. 로봇 이모는 뒤로 밀려 벽 사이에 갇혔다. 바퀴가 나갈 곳을 찾지 못하고 방황했다. 난 율을 뜯어말렸다. 난동부리기 시작한 율을 진정시키는 건 쉽지 않았다.

율은 그동안의 울분을 죄다 토하려는 듯 로봇 이모에게 소리쳤다. 로봇 이모는 벽만 툭툭 치면서 창백한 녹색 눈만 깜박였다. 아무것도 모른다는 표정이었다. 그게 율을 더욱 분노하게 만들었다. 그 애는 씩씩대며 로봇 이모의 눈과 모니터를 손으로 막았다. 마침내 회의를 하던 이모 몇이 무슨 난동인가 싶어 달려왔다. 난 얼굴이 붉어졌다. 율에게 화가 났다. 로봇 이모의 녹색 눈은 더더욱 강렬한 색으로 변했다.

"그만해요!"

난 로봇 이모에게도 소리쳤다. 그때였다. 갑자기 날카

로운 비명 소리가 들렸다. 나도, 율도, 다른 이모들도 얼어붙었다. 바깥을 둘러보러 갔던 이모의 목소리였다. 동시에 저벅거리는 낮은 발굽 소리가 들렸다. 그건 정문으로부터 몰려왔다.

발소리는 한둘이 아니었다. 그게 무슨 소리인지 몰랐다. 로봇 이모가 윙윙거렸다. 사람들은 구석으로 물러섰다. 창문 밖을 확인한 다른 이모가 사색이 되었다. 이모가 팔을 흔들며 고함을 쳤다.

"경찰! 경찰이야, 팔짱 껴요, 스크럼, 스크럼을 짜! 어서! 여긴 못 내줘, 빨리!"

우왕좌왕하던 이모들이 한 지점으로 뭉쳤다. 생일 테이블이 앞으로 끌려 나와 바리케이드가 되었다. 식탁보가 찌그러지고 장식들이 떨어졌다. 이모들은 복도를 메우며 서로의 팔을 뒤얽었다. 어안이 벙벙하던 율과 나도 그 사이에 끼었다.

입구가 순식간에 열렸다. 검은 옷과 조끼를 입은 경찰들이 우르르 들어왔다. 맨 앞줄 이모와 경찰이 말다툼하더니 몸싸움이 번졌다. 이모들이 악을 쓰며 구호를 외쳤다. 귀청이 떨어질 것 같았다. 복도를 꽉 메운 사람들이 밀고 당겨 아비규환이었다. 4열 종대로 선 경찰들은 장갑을 낀 손으로 이모들의 어깨를 쥐고 흔들었다. 사람들의 팔뚝에 벌건 줄이 새겨졌다.

난 경찰들이 가진 무기를 보고 얼어붙었다. 경찰들은 옆구리에 시커먼 것들을 찼다. 왜지? 이해할 새도 없이 경찰들이 끝도 없이 밀려들었다. 이모들의 열 배도 넘는 수였다. 우리는 오도 가도 못하는 신세가 되었다. 시야가 마구 흔들렸다. 계단 쪽에서 동생들의 울음소리가 들렸다.

멀리 담장 밖에서 우릴 구경하는 주민들의 얼굴도 보였다. 우악스럽게 줄을 끊어낸 경찰들은 앞줄부터 한 명씩 이모들을 데려갔다. 이모들은 끌려가지 않으려 안간힘을 쓰다 바닥 돌부리에 다리가 쓸렸다. 핏물이 죽 흘렀다. 난 비명을 질렀다. 미친 사람처럼 율에게 소리쳤다.

"애들, 애들이 있으면 못 건드릴 거야. 우릴 보면 멈출 거야!"

그 순간 나는 이모들을 지켜야 한다는 생각으로만 가득했다. 순진했다. 나는 벽을 붙들고 율은 로봇 이모의 팔을 잡았다. 사람들 틈새로 나아가 경찰들에게 우릴 알리려 시도했다. 그러나 이모들이 중심을 잡으려 자꾸 뒤로 눕는 바람에 전진하기 어려웠다.

"애들이 있어요, 애들이 있다구요!"

나는 마구 발버둥 쳤다. 어른들은 서로를 쥐어뜯고 대치하느라 우릴 발견하지 못했다. 내 발에 율의 휠체어가 걸렸다. 한 이모가 울부짖었다. 곤봉과 벽이 부딪혔다. 둔탁하고 괴팍한 소리가 울렸다. 몸부림치는 인파 속에서 머리가 핑핑 돌았다. 귀에 이명이 일었다. 군홧발이 이모의 팔뚝을 짓밟았다. 난 그 신발을 치우려고 했으나 묵직한 무언가와 충돌했다. 순간 몸이 크게 휘청거렸다. 율과 뒤엉키며 확 뒤로 넘어졌다. 와장창 큰 소리가 났고, 율이 휠체어에서 떨어졌다. 율이 크게 신음했다.

시야가 캄캄했다. 숨이 가빴다. 아직 이모들의 비명이 들리는데, 눈앞엔 희미한 빛줄기뿐이었다. 온몸이 욱신거렸다. 가까스로 몸을 일으켰다. 보이는 건 바닥에 널브러진 쌀포대와 찢어진 생일 카드, 바퀴살이 찌그러진 휠체어, 피 흘리는 율이었다. 구석에 산산이 부서진 채 나뒹구는 로봇 이모가 있었다.

난 주변을 둘러보았다. 퀴퀴한 냄새가 코를 찔렀다. 여긴 양곡창고 안이었다. 환풍구 너머로 이모들의 다리가 보였다. 우리는 창고 속으로 굴러 떨어진 모양이었다. 율은 엎어진 채 팔다리를 꿈틀대며 흐느꼈다. 난 일어서서 문손잡이를 당겼다. 배가 멍든 것처럼 아팠다. 잠금쇠가 고장 났는지, 사람들이 막아서인지 문이 열리지 않았다. 아무리 밀고 두들겨도 꼼짝하지 않았다.

우리는 암흑 속에 갇혔다. 문 아래 난 환풍구에서 호통과, 욕설과, 무언가 부서지는 소리만 들렸다. 환풍구로 지켜보니 가장자리 이모들의 다리가 꺾이며 줄이 무너졌다. 경찰들은 그때마다 바퀴벌레처럼 시커멓게 몰려들어

이탈된 이모들을 잡아갔다. 이렇게 많은 수의 경찰은 태어나서 처음 보았다. 과호흡이 일었다. 환풍구 앞에 주저앉았다.

아직 머릿속은 상황을 다 받아들이지 못했다. 주정뱅이들을 신고했을 때도, 담장을 넘던 수상한 사람을 잡았을 때도, 접근 금지 명령을 받은 가해 부모가 분개하여 난동을 부릴 때도, 직원들이 스토킹을 당할 때도 이 정도의 경찰들이 온 적은 없었다. 이모들의 구호는 울음소리와 구별이 되지 않았다. 턱이 덜덜 떨렸다.

"선, 나 머리가 아파. 머리가 깨질 것 같아. 아파 죽겠어."

율이 피로 흥건한 관자놀이를 감싸 쥐며 호소했다. 그 애는 식은땀까지 흘렸다. 나는 웃옷을 벗어 상처 난 부위를 지혈했다. 그 후 죽을힘을 다해 일어서 소리쳤다.

"살려주세요! 여기 사람이 있어요! 살려주세요! 도와주세요!"

응답은 없었다. 우리의 목소리가 들리기에 바깥은 너무 시끄러웠다. 압도적인 비명만 가득했다. 난 문에 몸을 부딪쳤다. 그래도 열리지 않았다. 어깨만 시퍼렇게 멍들었다. 기진맥진하여 주저앉았다. 율의 몸에선 열이 끓었다. 굴곡 없는 그 애의 다리가 무서울 정도로 뜨거웠다. 그 애는 신음을 흘리며 쌀 포대 위로 기었다. 바닥은 차고 공기는 삭막했다. 율은 모로 길게 누웠다. 나도 율의 다리에 등을 기댔다. 소매로 연신 율의 땀을 닦았다. 바깥도, 안도 나아질 것 같지 않았다.

우리는 그림자 속에 숨어 무장한 경찰들에게 이모들이 끌려가는 장면을 전부 지켜보았다. 장갑 낀 손에 잡힌 이모들의 뒷덜미와 복도에 그어진 생채기, 일그러진 경찰들의 눈, 사람들의 절규, 구경꾼들의 겁먹은 얼굴들이 뇌리에 맴돌았다. 로봇 이모에게서 튀어나온 전선에 스파크가 일었다. 우릴 구하러 올 사람은 없었다. 바깥 소리는 창고 벽면에 부딪혀 반향을 일으켰다. 잔상들이 메아리쳤다. 율은 머리를 쥐고 기절했다. 난… 엄마의 비명이 들린다는 착각을 일으켰다.

우리는 새벽까지 갇혀 있었다. 누구도 그 시간까지 우릴 알아채지 못했다. 먼동이 트고 나서야 울며 순찰을 돌던 보조이모가 꺼내주었다. 허연 문 속에서 누군가 끊임없이 어떤 말을 중얼거렸고, 그건 꼭 행성이 우그러질 때의 예고처럼 섬뜩했다. 우리는 모든 게 끝나고서야 구출되었다. 바깥은 망가진 생일 테이블의 잔해로 엉망이었다. 케이크와 음식, 선물 대신 우리가 받은 건 모조리 부서진 조각들이었다.

5장
—
얼굴 없는 여자들의 가을

보육원 오른편엔 초등학교가 있고 건너편에 파출소가 있다. 각지에서 소집된 기동대는 그 앞에서 집합 후 행진했다. 천 명도 넘는 수였다. 우리는 몰랐다. 그들은 이모들을 구하러 온 게 아니었다. 거짓 협상 시간을 통보하여 방심한 틈을 타 이모들을 쫓아냈다. 원장과 이사회의 농간이었다. 이모들과 대화를 나누겠다고 했으면서 반대로 경찰을 보냈다. 그들은 경찰을 부릴 권력이 있었다. 우리는 아니었다.

칠흑같이 어두운 창고 안에서 율과 나는 자주 정신을 잃었다. 탈진과 깨어남을 반복하며 영겁의 시간을 넘나들었다. 하늘은 벌겋게 변했다가 파랗게 식었다. 그 혼돈

속에 우리가 있었다. 율은 다리를 부여잡고 몸을 뒤틀었다. 머리에 피딱지가 얹혔다. 그때마다 터진 자루에서 나온 쌀알들이 굴렀다. 부서진 로봇 이모의 손이 꿈틀거렸다. 백색의 매끄러운 파편들이 달빛을 반사했다. 조각난 몸통 속에선 작은 반도체 칩과 전선, 배터리와 센서, 연장, 찢긴 벨트와 모터가 나뒹굴었다.

난 초췌한 얼굴로 잔해를 응시했다. 새벽은 하염없이 흘렀다. 와스스 쏟아지는 낟알들의 소리만 소란했다. 저 로봇 이모가 이젠 무엇인지 알 수 없었다. 로봇 이모는 여자의 윤곽을 지녔고 그래서 우리 시위 속에 포함되었다. 하지만 이모들을 감시하는 용도로 이용당했다. 지금은 우리와 얽혀 작살났다. 침입자들을 떠올렸다. 그들에게 이모들과 로봇 이모는 대체 무엇이었을까. 부서졌지만 반들반들한 팔다리가 나뒹구는 가운데 율은 신음했다.

찬 바닥에 오래 웅크리니 다리가 저렸다. 피가 통하지 않아 시체가 된 기분이었다. 모두가 빠져나간 복도는 죽음 같은 침묵만 감돌았다. 우리는 목이 쉬어 더 이상 소리칠 수 없었다. 환영처럼 아이들의 울음소리가 의식을 괴롭혔다. 율과 나는 모든 걸 포기한 채 무덤에 누운 송장처럼 넋을 놓았다. 이팝나무 꽃잎만 환기구 너머 소복처럼 새하얀 빛을 발했다. 내 입에서는 쇳소리가 나왔다.

'그 존재'를 목격한 것도 그즈음이었다.

시간이 얼마나 흘렀을까. 가늠할 수 없었다. 흩뿌려진 낟알들에 그림자가 기우는 정도로만 시간을 짐작했다. 우리의 얼굴은 점점 창백해졌다. 나는 밖을 노려보며 율의 손을 쥐었다. 율은 정신을 차리지 못했다. 그 손이 식을까 봐 깍지 낀 손을 주물렀다. 입속에서 피 맛이 풍겼다. 기력이 없었다. 율에게선 눅눅한 향이 풍겼다. 눈물과 피가 엉겨 붙은 냄새였다. 쏴아아, 환풍구에서 돌풍이 불었다. 하얗고 여린 꽃잎들이 들이닥쳤다. 그것들은 쌀알과 섞여 회오리를 만들었다. 낟알들이 등 뒤로 획 날아갔다. 포대 자루를 묶은 끈은 툭, 툭 끊겼다. 더 많은 쌀이 쏟아졌다. 폭포수가 쏟아지는 소리처럼 요란했다. 차디찬 나무 그림자가 목을 죄며 다가왔다. *이건 모두 당신 때문이야.* 머릿속에 생각이 치밀었다. 일종의 살의였다. 등줄기가 섬뜩했다. 어떤 문장들이 내 의식 틈새로 들어오는 중이었다. *당신이 날 낳지만 않았어도.* 그건 끊임없이 신경을 파고들었다. *당신이,*

이런 식으로 우릴 버리지만 않았어도.

"선, 듣고 있어? 나 좀, 일으켜줘."

율이 미약한 목소리로 날 불렀다. 그 애가 천천히 내 손을 잡아당겼다. 난 가까스로 정신을 부여잡았다. 율은 눈을 가늘게 뜨고 나를 재차 불렀다. 그 상체를 끌어안아 일어나도록 도왔다. 율은 비틀거리며 내게 기댔다. 어깨에

제 턱을 받친 채 흐느끼듯 숨을 삼켰다. 그 애가 양팔을 내 목에 둘렀다. 어린 날 엄마에게 매달렸던 것처럼. 쉽사리 떨어질 수 없도록 날 꽉 껴안았다. 땀이 설마른 율의 몸이 축축했다. 거대한 인어 같은 신체였다. 율은 내게 체중을 실었다. 율이 몸서리치며 말했다.

"돌아보지 마."

나는 정면의 문을 향해 있었다. 그 애는 뒤쪽 벽을 본 채였다. 율은 그렇게 당부한 후 날 더욱 세게 끌어안았다. 움직일 수 없었다. 율은 약하게 떨리는 목소리로 연신 속삭였다. 돌아보지 마. 돌아보지 마. 절대로 돌아보지 마. 그때였다. 거슬리는 소리가 등 뒤에서 울렸다. 스산한 무언가가 기어 오는 소리였다.

율이 팔에 힘을 주었다. 그 애는 심상치 않은 무언가를 목격하는 중이었다. 율의 어깨가 덜덜 떨렸다. 나는 눈만 위로 치켜떴다. 그곳에 웬 기다란 그림자가 천장으로부터 솟고 있었다. 머리카락이 곤두섰다. 그건 낮의 습격보다도 끔찍했다. 작은 벌레들이 줄지어 기는 모양으로 쌀알과 꽃잎들이 한곳을 향해 움직였다. 율의 시선도 그곳에 닿았다. 창고 안에서 무엇인가 발생했다. 그러나 난 율 때문에 뒤를 돌아볼 수 없었다.

"보지 마. 절대로 뒤돌아보지 마."

비명을 지르고 싶었다. '그 존재'는 벽을 타고 증식했다.

그림자는 검은색이 아니었다. 그건 흰색이었다. 있어서는 안 될 소름 끼치는 무언가가 태어나는 중이었다. 율은 비 오듯 땀을 쏟았다. 기이한 출산을 지켜보던 그 애가 미친 듯 중얼거렸다. 돌아보지 마, 돌아보지 마, 절대로. 뒤 돌면 안 돼.

난 그만 엄마를 다시 원망하였다.

당신이 아니었으면 고통을 당할 일은 없었어. 당신이 아니었더라면 세상에 아픔이 더해지는 일도 없었어. 당신이 찾아오지 않아서, 떠나서, 버러지가 버러지의 삶을 이을 제물을 낳았어. 이모들이 끌려갔고, 율이 인어로 태어났고, 내가 찔렸어. 다 당신 탓이야. 내가 당신이고 당신이 나의 아이라면 복수할 거야. 모든 고통이 사라지도록. 누구도 아픔 속에 태어나는 일 없도록. 신의 어머니는 누구였지?

옆구리가 저릿했다. 율의 몸에서 점점 힘이 풀렸다. 내게 실린 그 애의 무게가 감당하기 어려웠다. 율의 들숨은 짧고 격했다. 불안정한 호흡 속에서 관절이 바드득 소리를 냈다. 그 애는 혼절 직전이었다. 그럼에도 온 힘을 다해 날 붙잡았다. 조금도 돌아볼 수 없도록. 그러나 내 손끝에 흰 그림자가 닿았다. '그 존재'는 창고만큼 커다랬다.

"넌 돌아보지 마."

율은 이 말을 마지막으로 정신을 놓았다. 동시에 소리

도 멈췄다. 등 뒤는 완전히 고요했다. 오싹한 감각만이 목덜미를 스쳤다. 저곳엔 망가진 로봇 이모와 쌀, 꽃뿐이어야 했다. 그런데 대체 무엇이 생겨났단 말인가? 이질적인 그림자가 뒤섞였다. 흰 그림자는 내 시야를 가득 메웠다. 그게 율의 다리까지도 넘어오려 해서, 난 그 애를 확 끌어당겼다. 그림자는 계속 우릴 쫓아왔다. 그게 내 등부터 머리끝까지를 덮었다. 더 이상 외면할 수 없었다. 난 율의 당부를 어겨야만 했다. 이를 악문 채 고개를 휙 돌렸다.

칼을 든 얼굴 없는 여자가 서 있었다. 바닥에서 솟아오른 여자의 밑에 로봇 이모가 깔렸다. 로봇 이모는 전원이 꺼진 채였다. 어떠한 미동도 없었다. 여자의 얼굴은 거울처럼 번들거렸다. 그 몸은 으깨진 쌀알과 꽃잎들로 이루어졌다. 하얀 좁쌀들이 만든 그 여자는 내 원망을 들은 것처럼, 그걸 흡수하는 것처럼, 커다란 공백처럼 벽면을 차지했다. 바깥이 보이지 않았다. 흰 그림자가 우릴 가득 뒤덮었다. 다시 머릿속에서 목소리가 울렸다.

태어나지 말 걸 그랬지.

여자의 얼굴이, 그걸 이룬 수천 개의 낟알이 한꺼번에 충혈된 눈알로 변했다. 나는 그 자리에서 까무러쳤다.

*

　원장과 이사회 대신 천 명의 경찰이 이모들을 끌고 간 날부터 아이들은 텅 빈 보육원을 지켰다. 이모들은 공무 방해죄와 아동학대 및 방임 혐의로 구속되었다. 정작 방임이 일어난 건 지금부터였다. 원장은 이모들을 낙인찍으려는 시도 외에 실재하는 우리 삶엔 관심이 없었다. 생일 파티는 시작도 전에 끝났다. 선우원은 공동묘지처럼 우울했다. 빈자리에 서늘한 바람만 찼다. 이팝나무는 무수한 꽃잎을 떨구었다. 그 자리에 피멍 같은 보랏빛 열매들이 맺혔다. 가을을 태울 준비를 시작하는 모양이었다. 밥맛을 잃고 속을 게우는 아이들과, 기진맥진한 율과 나, 갑작스러운 상황에 내던져진 보조이모들, 이제 두 대만 남은 로봇 이모가 상황을 헤쳐 나가야만 했다.

　"이모들은 돌아오실 거야. 그렇게 약속했어. 우리가 증인이야. 그러니 너희가 잘하고 있어야 해. 착하게 지내야 이모들이 돌아와."

　우리는 이런 말로 동생들을 달랬다. 그러나 율과 나는 그 말이 진실이 아니라는 걸 알았다. 바르고 선량한 선택을 한다고 이모들이 돌아오진 않는다. 우리에게 그만큼의 권한은 없다. 하지만 그 이상 동생들에게 답할 수 있는 말이 없었다. 정작 스스로도 그 약속을 믿지 않으면서 동생들에게 설명했다. 동생들도 울다 벌게진 코를 하고 고개를 끄덕였다. 그 애들도 석연치 않은 표정이었다. 하지만 다들 지푸라기 잡는 심정으로 수긍하는 척을 했다.

우리에겐 선(善)을 믿을 방도가 필요했다. 그러나 지난밤 목격했던 장면은 우리가 세상에 대해 알던 명제와 정반대였다. 세상은 정의롭지 않았다. 공권력이 언제나 우릴 지켜주는 게 아니었다. 이게 사회라는 걸까? 어른들이 숨겨왔던 삶의 정체는 이런 모습이었나? 어쩌면 어른들은 수많은 낙담에 갇혀 우리에게 후일을 맡기는지도 몰랐다. 꿈을 꾸라, 자신을 위해 살라, 희망을 가지라는 입에 발린 말들은 빼앗겨보았기 때문에 하는 소리였다. 하지만 이미 고단한 아이들은 어디에서 미래를 채굴해야 하나. 우리에게 멋대로 희망을 맡기면서, 절박하게 붙잡던 아름다운 순간마저 빼앗는 건 정말 잔인했다.

우리는 그 사건 이후 양곡창고 근처에는 가지 않았다. 둘 다 터놓고 말한 적 없지만 분명 '그 존재'를 목격했다. 내 눈이 본 걸 믿어도 될지 고민이었다. 율과 나는 모두 그걸 안다. 그런데 목격한 것이 사실이라 해도 알릴 사람이 없었다. 누구도 믿을 수 없었다. 떠나간 어른들? 이모를 끌고 간 사람들? 주변에 서서 멀거니 방관하던 이들? 그들은 우릴 동물원에서 묘기를 부리는 생물처럼 보았다. 우리 경험을 훔쳐 낭만으로 삼을 줄은 알면서, 이

진흙탕이 어떤 꼬락서니인지 코를 박을 생각은 없었다. 이날부터 세상은 이런 식으로 보였다.

언젠가 내가 아는 모든 세계가 날 배신할까 봐 두려웠다. 원장처럼, 이사회처럼, 경찰들처럼, 국가처럼, 우릴 남겨놓고 끌려간 이모들처럼…. 엄마처럼. 나는 제대로 된 어른이 될 수 있을까? 그러기엔 이미 너무 많은 것들이 글렀다.

단둘이 남으면 율은 악몽 이야기를 했다.

"그 사람들이 날 끌고 가는 꿈을 꿨어. 무장한 사람들이 명령을 따를 뿐이라며 저벅거리며 걸어올 때, 횟감처럼 퍼덕이는 일밖에 할 수 없었어. 고개를 쭉 뻗어 시커먼 줄의 끝을 바라보고 싶었어. 나는 내 몸 하나 자유롭지 못한데, 누가 저렇게 많은 사람을 움직이는지 궁금했어. 힘과 권력은 누가 차지했는지 궁금했어. 그걸 누가 누구에게 허락한 걸까? 흐리멍덩한 눈으로 걷는 사람들이 너무 많아 끝은 잘 보이지 않았어. 누군가 일부러 숨긴 것처럼."

난 율의 휠체어를 밀며 마당을 거닐었다. 정문 근처에 다다르자 바퀴가 덜컹거렸다. 창고에서 떨어지며 바퀴살이 일그러진 탓이었다. 임시방편으로 수리를 했지만 이전보단 못했다. 구부러진 휠체어 손잡이에 손을 베지 않도록 조심하며 율을 밀었다. 율은 이마를 지혈했던 솜과 반

창고를 떼어냈다. 그걸 쓰레기통에 던졌을 때, 우리는 다시 한 번 목격했다. 세상에 가지기 시작한 의문만큼 등장한 꺼름칙한 '그 존재'들을.

얼굴 없는 여자들.

그것들이 보육원 마당에서, 마을 곳곳에서, 모든 거리에서, 세상 어디에서나 나타나기 시작했다.

*

그 소식은 처음엔 괴담처럼 취급되었다. 첫 목격담은 인터넷 사이트에 퍼졌다. 잠깐 이슈가 되었지만 미스터리 마니아들의 관심을 받다 끝난 정도였다. 그러나 일주일 만에 목격자들이 기하급수적으로 늘었다.

괴이쩍은 '그 존재'들은 빈 얼굴의 여성들이었다. 그들은 카메라에 찍히지 않았다. 적외선 촬영에도, 어떤 기계에도 담을 수 없었다. 하지만 사람의 눈엔 분명히 보였다. 허름한 상가 구석에서, 횡단보도 옆에서, 학교 운동장이나 유흥가 간판 아래에서, 군부대 담장 끄트머리에서, 옥상에서, 판잣집에서, 버스정류장과 지하철역, 시장, 공동묘지, 병원, 국회의사당과 공원을 가리지 않고 나타났다.

그 존재들의 생김새는 천차만별이었다. 체형도, 키도,

옷차림도, 추정되는 나이도 제각각 달랐다. 하지만 이상하게도 그들은 모두 여성으로 인식되었다. 다만 얼굴이 없었다. 입도, 눈도, 코도 존재하지 않았다.

그럼에도 사람들은 그들이 여자임을 알았다. 동시에 그들이 세상 모든 성별을 합한 것보다도 거대하다는 걸 직감했다. 하지만 이를 오직 '여자'라고 표현할 길밖에 몰랐다. 이 여자들은 어슴푸레한 새벽에 간간이 등장했다. 나중엔 동트는 시간마다, 오후 느지막이, 온종일 보였다. 그들은 명백히 증식하는 중이었다. 사람들은 오직 글이나 말로만 이들에 관해 설명하고 알릴 수 있었다. 여자들을 맞닥뜨린 아기들은 경기를 일으키며 자지러지게 울었다.

밤중엔 더 으스스한 몰골에 혼비백산하여 도망치다 다친 목격자들도 있었다. 그 여자들은 흉물스러운 현수막이나 패널처럼 도시 곳곳에 우두커니 서 있었다. 그것들은 오직 존재하기만 했다. 기이한 흰 빛을 얼굴에 두른 채 침묵하며 서 있었다. 그 외엔 어떤 행동도 취하지 않았다. 흰 그림자를 발밑에 뚝뚝 떨어뜨리며 머물렀다. 그게 바로 존재의 이유라는 듯이. 그것들은 정말 악몽 같았다.

만질 수도 없고, 대화를 할 수도 없었다. 물리적인 시도도 통하지 않았다. 가끔 술주정뱅이나 늙은 남자들이 삿대질하며 시비를 걸었다. 그래도 요지부동이었다. 그들은 소름 끼치는 텅 빈 얼굴로 꿈쩍하지 않았다. 결국 엄청난 정지의 침묵이 껄끄러워 비켜나는 건 사람들이었다. 주민들은 이 여자들이 끔찍하다며 관청에 신고했다. 길에서 이들을 치워달라는 요청을 받고 공무원들이 출동했지만 별수는 없었다. 비켜달라는 말도 소용없고, 표정도 읽을 수 없었다. 빗자루로 쓸거나 트럭으로 밀어버릴 수도 없었다. 최루가스도 통하지 않았다.

이들이 외계인인지, 환영인지, 귀신인지, 그것도 아니면 대체 무엇인지 아무도 몰랐다. 세 블록마다 나타나던 여자들은 이내 두 블록, 한 블록마다 존재했다. 이들이 언제까지, 얼마만큼, 무슨 목적으로 생겨나는지 불가사의였다. 어디서 나타나 어디로 사라지는지 의문이었다.

사람들은 혼란에 빠져 온종일 여자들에 대해 떠들었다. 저주라는 사람도 있고, 세상이 멸망할 징조라는 이들도 있었다. 돌아가신 조상님이나 어머니, 헤어진 전 여자친구를 닮아 울었다는 얘기도 들렸다. 종교인들은 앞다투어 이를 신의 계시라고 떠벌렸다. 여자들이 직접 입을 열지 않았기 때문에 누구도 진실을 알 수는 없었다. 사람들은 속수무책으로 얼굴 없는 여자들이 늘어나는 광경만 바라보았다.

오직 나와 율만 여자들이 어디에서 탄생하는지 알았다.

흰 양곡창고.

바로 그곳에서 여자들은 태어났다.

✳

우리 집 마당에 얼굴 없는 여자들이 가득했다. 처음엔 셋 정도였고 지금은 열 명이었다. 바깥보다 보육원 안에서 늘어나는 여자들의 수가 더 많았다. 그들은 이곳의 빈틈을 메우려는 듯 수를 불렸다. 이모들로부터는 아직 소식이 없었다. 누구에게라도 연락을 하고 싶어 내 휴대폰을 찾았는데 어디에도 없었다. 지난 소동에 잃어버린 모양이었다. 기껏 이모들이 구해준 선물이었는데. 스스로가 한심했다. 하지만 아쉬워할 새는 없었다. 동생들에게 여자들을 설명할 말을 찾아야 했다. 이모들이 오지 않는 이유도 납득시켜야 했다.

"저 여자들이 누구냐고? 아마, 우릴 도와주러 오신 분들이야. 이모들이 없는 동안 여길 지킬 거고, 또…. 그래. 연말 공연도 도울 거야. 저번에 현장학습 가서 거리 예술하는 사람들 봤지? 그거랑 비슷해. 이모들은 사정이 생겨서 잠시 못 오니까 공연 연습을 미리 해놓으래. 지금부터 여긴 우리만의 무대야. 저분들은 예술가고. 그러니까, 우리도 평상시처럼 연기하면 돼. 알았지? 평소처럼 일상을 사는 연극을 하는 거야. 그게 이번 공연의 주제야."

나는 되는대로 이런 말을 주워담았다. 물론 다 헛소리였다. 동생들은 알쏭달쏭한 표정을 지으며 방으로 들어갔다. 난 그 등 뒤로 이렇게 소리쳤다.

"아무도 안 계신 것보다는 낫잖아. 감사히 여겨."

"저 사람들 다 얼굴이 없는데도?"

"그럴 수도 있어. 너 엄마 얼굴 다 알아? 모르잖아. 안 보일 수도 있는 거야."

동생들에게까지 우리의 무력감을 물려주고 싶지 않았다. 율과 나는 이모들처럼 굴려고 애썼다. 시간 맞춰 동생들을 밥 먹이고, 씻기고, 자리에 누이고, 잠들 때까지 토닥였다. 할 일은 정말 많았다. 이모들이 하루를 일구는 과정은 숨 가빴다. 애들은 꿈나라로 가기 직전까지 많은 질문을 던졌다. 우리는 답을 다 알지는 못했다. 로봇 이모에게 검색이라도 부탁하라고 했지만 그것도 좋은 답은 아니었다. 이모들의 공석을 로봇 이모는 설명할 수 없었다. 애들 옷엔 주름이 자주 잡혔고 가끔 얼룩도 묻었다. 이제 어떻게 살지? 그것들을 다듬으며 수없이 고민했다. 우리는 어떻게 살지? 동생들은? 이모들은? 율은? 나는? 역시나 정답은 없었다.

하지만 걱정이라도 하는 게 속 편했다. 입원했던 언니도 떠올랐다. 퇴원하는 대로 연락을 주겠다고 했는데, 하필 휴대폰을 잃어버려 소식을 알 수가 없었다. 난 정말 멍청했다. 개학날도 두려웠다. 경찰들이 몰려와 난동이 벌어진 걸 봤을 테니 다들 수군댈 게 뻔했다. 상상만 해도 불쾌했다. 이모들에 대한 질문이 들어온다면 더욱 곤란했다. 우리도 이모들이 언제 돌아올지 기약이 없었으니까. 내가 의지하는 건 오직 율뿐이었다. 우리는 항상 붙어 다녔다. 그러지 않으면 누구 한 명을 잃을까 봐 두려웠다.

바람은 쌀쌀했다. 얼마 전까지 땀을 흘리며 복도에 붙어 있었다는 게 믿기지 않았다. 사무실 문은 예전에 잠겼고 방엔 유선 전화조차 없었다. 연락하고 싶으면 멀리 공중전화를 찾아가야 했다. 선우원을 비우고 나갈 수는 없었다. 혹시 우리가 자리를 비웠을 때 무슨 일이 생길까봐 걱정이었다. 율과 나는 이팝나무 주변을 빙빙 돌았다. 그때였다. 어디선가 희미한 전화벨 소리가 울렸다. 공포영화의 전조처럼 음산한 소리였다. 율이 딸꾹질을 했다.

"환청 들은 거 아니지? 어디서 나는 소리야?"

내가 물었다. 율은 소리가 들리는 방향을 가리켰다. 그쪽을 보자마자 얼어붙었다. 양곡창고였다. 거대한 얼굴 없는 여자가 태어난 흰 양곡창고. 그 속에서 벨 소리가 흘러나왔다. 우리는 직감했다. 내 휴대폰이 바로 그곳에 있었다. 창고에 갇혔을 때 떨군 모양이었다. 로봇 이모의 잔해와 터진 쌀가마니, 문틈으로 들이친 마른 꽃잎이 그대로인 사이에 떨어져 있을 것이다. 그리고… 거대한 얼굴 없는 여자도 여전히 존재할지 모른다.

벨 소리는 멈추지 않았다. 누가 저렇게 오래도록, 끈질긴 전화를 거는 걸까. 순간 머릿속에 언니 생각이 스쳤다. 내 번호를 아는 사람은 극소수였고, 그중 다시 전화하기로 약속한 사람은 언니뿐이었다. 어쩌면 우리 소식을 접하고 연락하는지도 몰랐다. 휴대폰이 필요했다. 그걸 구하려면 창고 안으로 들어가야 했다. 우리는 차마 문을 만지지 못하고 한참 머뭇거렸다.

"어떡하지? 문 열어볼까?"

"선, 너 미쳤어? 영화에서 보면 저런 거 찾으러 가다가 죽잖아."

"그럼 어떡해. 누구 불러와?"

"보조이모도 다 퇴근했는데. 누가 우릴 도와줘. 망했다. 휴대폰을 왜 하필 저기 놓고 왔어."

"누가 그러고 싶어서 그랬냐? 자기도 넘어져서 질질 짠 주제에."

우리는 아웅다웅 다투며 언성을 높였다. 불안을 떨치기 위해서였다. 그러나 한참 말다툼을 해도 먼저 창고에 들어가고 싶은 사람은 없었다. 시간은 계속 흘렀다. 전화벨은 끊겼다가도 다시 이어졌다. 어느새 하늘이 어둑했다. 나는 마른침을 삼켰다. 결국 내가 먼저 율에게 제안했다.

"야, 진짜 내 휴대폰 소리인가 살펴만 보자."

"존나 무서운데."

"그렇다고 그냥 둘 거야? 언니가 연락할 수도 있고. 저
게 있어야 이모들에게 전화도 하지."

율은 마지못해 고개를 끄덕였다. 내가 몸을 숙여 아래
쪽 환풍구를 쳐다보는 동안 율이 망을 보기로 했다. 난
그 애를 붙잡으며 으름장을 놨다.

"나 놓고 토끼면 죽는다."

"너야말로."

바닥에 무릎을 대고 몸을 숙였다. 문 틈새로 분명한 소
리가 들렸다. 심장이 마구 뛰었다. 아직도 그 여자가 있
을까? 우리가 환상을 본 건 아닐까? 저건 내 휴대폰 소
리가 맞겠지? 로봇 이모는 그대로일까? 혹시 얼굴 없는
여자가 입으로 소리를 낸다거나, 함정을 판 건 아닐까….
소름이 쫙 돋았다. 나는 입술을 떨었다. 율이 어깨를 꽉
쥐었다. 나는 문에 눈을 밀착했다. 율은 그 앞을 단단히
막았다. 무언가 튀어나오기라도 할 것처럼 말이다. 납작
엎드린 내가 안을 살폈다. 가장 먼저 시야에 들어온 건
하얗게 깜박이는 액정 불빛이었다.

"찾았다. 저기 있어. 내 휴대폰."

미간에 힘을 주었다. 발신자가 누구인지는 보이지 않
았다. 휴대폰은 창고 정중앙에 있었다. 문으로부터 몇 걸
음 떨어진 거리였다. 그 너머 로봇 이모의 파편이 보였다.

"다행이다. 로봇 이모도 그대로 있어, 또⋯."

나는 악 비명을 질렀다. 창백한 얼굴 없는 여자가 화면에 비쳤다. 그 여자도 창고에 있었다. 서늘한 칼날을 빛내며, 떠나지도 사라지지도 않은 빈 얼굴이 내 휴대폰 화면에 반사되었다. 흰 쌀과 꽃으로 만들어진 여자는 자신의 일부를 깎아 다른 여자들을 만들었다.

난생처음 보는 출산이었다. 새로 태어난 여자들은 반대편 환풍구를 통해 계속 밖으로, 바깥으로 흘러나갔다. 옆구리의 상처가 극심하게 따가웠다. 나는 앓으며 몸을 숙였다. 율이 기겁하여 내 등을 콱 쥐었다. 난 그대로 냅다 율의 휠체어를 끌어 도망쳤다. 귓가에 전화벨 소리가 맴돌았다. '그 존재'는 여전히 선우원에 있었다. 몸을 부풀리면서, 다른 여자들을 탄생시키면서, 끔찍하게 휑한 얼굴로 보란 듯이 로봇 이모를 깔고 앉았다.

몸이 사시나무 떨리듯 오들거려 좀처럼 진정되지 않았다. 율과 나는 이불을 뒤집어쓰고 그대로 아침을 맞았다. 우리는 확인했다. 얼굴 없는 여자들은 흰 창고 안에서 발생했다.

＊

이모들이 떠난 지 수일이 지났지만 소식은 없었다. 텔

레비전이나 인터넷 뉴스에도 우리 이야기는 나오지 않았다. 고작 몇십 명의 아이들이 모여 사는 작은 보육원 일을 누가 관심이나 가질까. 방송에선 대신 연일 얼굴 없는 여자들을 보도했다.

'얼굴 없는 여성들' 관련 소식입니다. 국립연구소가 최신 장비를 동원해 관측한 결과, 반물질과 유사한 특성이 검출되었습니다. 반물질이란, 입자와 성질은 같고 전하량은 반대로 보통 물질과 만나 쌍소멸을 일으킨다고 알려진 물질입니다. 가장 최근의 반물질 연구팀은 인공적인 진공 속에서 자기장을 활용해 이들이 물질과 닿지 않도록 하여 약 30분간 입자를 붙잡는 데 성공하였습니다. 그러나 실험실 바깥에서 어떻게 '얼굴 없는 여자들' 같은 현상이 발생하는지는 의문이며 반물질이 사람의 형태를 구현하는 이유 또한 추후 밝혀낼 부분으로….

나는 멍하니 뉴스를 바라보았다. 잘 이해할 수 없었지만 그들은 내가 대본에 썼던 이야기와 비슷한 걸 말했다. 심해로 들어간 반물질의 세계. 모니터 속 사람들은 얼굴 없는 여자들이 그곳에서 온 존재라고 말했다. 긴 하루를 버티려면 뉴스라도 보고 있어야 했다.

혹시 누군가 우리 이야기를 해주진 않을까 기대했다. 스무 명도 안 되는 이모들을 끌고 가려고 천 명도 넘는 경찰이 낭비된 사태에 대해 누구도 의아해하지 않는 걸까. 이게 왜 가능한지 속 시원히 설명해줄 사람은 없었다. 부질없는 바람을 가져도 여전히 텔레비전에선 얼굴 없는 여자들 소식만 나왔다.

우리는 이미 그것들이 어디서 나타났는지 알았다. 뉴스는 시시했다. 여자들은 부서진 로봇 이모와 쌀, 꽃, 이모들의 빈자리, 우리의 비명 속에서 태어났다. 우리가 겪은 모든 경험이 여자들의 원료였다. 로봇 이모가 양자보안칩이니 양자난수니 어쩌고 했던 것과 그날의 충격들, 기이한 밤기운, 이모들의 눈물, 동생들의 울음, 율의 핏방울과 내 심장 소리가 섞여 탄생한 거다.

이세계(異世界)의 차원 틈이라도 생겼겠지. 그 외엔 달리 설명할 말이 없다. 저 바보 같은 어른들처럼 어려운 용어를 운운할 필요도 없다. 그들은 정작 여자들의 근원조차 모른다. 아마 이곳이 알려지지 않는 한 여자들은 계속 생겨날 거다. 신인지 괴물인지 모를 여자들은 선우원 마당을 잠식한다.

아직도 거대한 여자는 양곡창고에 있다. 우리는 동생들에게 창고 문을 절대 열지 말라고 신신당부했다. 혹시나 섬뜩하게 빛나는 여자의 칼에 해코지당할지도 몰랐다. 허연 얼굴에 머리를 늘어뜨린 채 창고를 지키는 여자.

그 후로 휴대폰 벨 소리가 두어 번 더 울렸지만 직접

들어갈 용기가 없었다. 여자는 누군가 들어오길 기다리는 듯했다. 얼룩덜룩한 페인트 자국이 가득한 창고에서 금방이라도 고름과 피눈물을 쏟을 것 같았다. 우릴 잡아먹을까 봐 두려웠다.

얼마 전까지 저 속에서 쌀과 식량을 가져왔다는 게 믿기지 않았다. 창고에서 나온 곡식들을 삼키며 연명했는데, 지금은 도저히 다가갈 수가 없었다. 저곳엔 걷잡을 수 없이 창백한 아우라가 감돌았다. 다른 여자들보다도 몇 배는 거대한 그 존재는 우릴 공포로 옥죄었다.

방송에선 물리학자, 공학자, 심리학자, 과학수사연구원 등의 패널이 토론을 시작했다. 전문가들은 모두 남자였다. 그들이 얼굴 없는 여자에 대해 논한다니 우스웠다. 그 사람들은 여자들과 가장 멀었다. 양복을 차려입은 사회자가 그중 한 사람에게 마이크를 넘겼다. 전문가들은 얼굴 없는 여자들의 메커니즘을 추측했다.

"초고도의 진공 상태를 만들면, 그 안은 무(無)에 가까워집니다. 양자역학적으로 이는 텅 빈 상태와는 다릅니다. 입자는 최소화되고 반입자가 빼곡한 상태에 가깝지요. 양전자단층촬영(PET)에서도 암을 찾아내기 위해 비슷한 원리를 활용합니다. 방사선 의약품을 주입하면 암세포의 전자와 쌍소멸하며 감마선을 배출하고 그걸 탐지하여 영상을 구현하죠."

"전국 지역 곳곳에서 여자들이 목격되었는데요, 저도 어젯밤 퇴근길에 그들을 보았습니다. 이런 현상도 설명할 수 있을까요?"

"현실적으로 장비 및 예산 등의 문제가 있어 정확히 측정할 수는 없지만 여러 가설이 제시되고 있습니다. 첫째로는 누군가 인위적으로 반물질 입자를 붙잡는 기술을 사용하여 우리 눈에 여자들을 보여주는 경우입니다. 그러나 현 기술력으로 이를 실행하려면 조 단위의 예산이 필요합니다. 일개 개인이 벌인 일로는 볼 수 없지요. 둘째로 우리가 알지 못하는 자연에 특정 조건이 갖춰지거나 변이가 발생해 반물질들이 지구상에 존재하기 쉬워졌다는 가설입니다."

"예를 들면 어떤 조건이나 변이인가요?"

"2006년경 이탈리아-러시아 연구팀이 지구로부터 1만 킬로미터 상공에서 반물질 띠를 발견한 선례가 있습니다. 고도가 높아지면 쌍소멸률이 낮아지기 때문에 이와 같은 현상이 가능했죠. 지구의 양극에선 방사능대가 구부러지기도 하는데 특정 지역을 위성이 지나면 정상 수준 몇 배를 넘는 반양성자가 검출되기도 합니다."

"태초에 우주가 탄생했을 때에도 물질과 반물질이 대칭을 이룬 흔적이 있다고 하니 전혀 불가능한 현상은 아니겠습니다. 그런데 이렇게 지상과 가까운 곳에서, 그것도 특정 형태로 입자들이 목격되는 경우는 드물지요?"

"그렇습니다. 학계에서도 이렇게 동시다발적이고 구체적인 형태가 목격된 건 이례적입니다. 아니, '형태'가 있다고 말할 수 있는 건지도 의문입니다. 공간 또는 차원 특성이나 물질계에 일대 변혁이 오지 않은 이상… 불가능한 현상입니다. 여러 가능성을 찾는 중이지만 단일 요인으로 설명할 수는 없겠습니다."

"그렇군요. 국민에게 정확한 정보가 전달되기까진 시간이 필요할 것 같습니다. 목격자들의 증언을 보시면 전원 여성으로 인식되는 모습을 보았다고 합니다. 외양이나 연령에 대한 묘사는 일관적이지 않지만 '여성을 보았다'는 보고는 계속되고 있습니다. 이 현상에 어떤 의미가 있을지, 집단적인 심리가 개입되는지는 2부에서 다루겠습니다.

국민 여러분들은 여성들에게 섣불리 접촉하지 마시고 주의해주십시오. 관련 제보는 아래 메일 주소로 받습니다. 국민 여러분의 큰 관심 부탁드립니다."

＊

시간은 자꾸 지났다. 더 이상 가만히 있을 수 없었다. 사태가 해결되지 않고 겨울까지 간다면 보육원 아이들은 뿔뿔이 흩어져 다른 곳으로 보내진다. 나는 굳은 결심을 하고 율에게 알렸다.

"다시 들어가야 해."

"안 돼. 사람도 못 믿을 판에 저런 이상한 존재를 어떻게 믿어?"

"어쨌든 우리가 맏언니잖아. 할 수 있는 건 해봐야지."

"미쳤어. 그거 정말 미친 짓이라고."

율은 나를 만류했다. 하지만 방에 틀어박혀 기다리기만 하는 것도 더 이상 견딜 수 없었다. 이미 최악의 상황이었다. 아직 망가지지 않은 두 대의 로봇 이모가 돌아다녔다. 로봇 이모를 통해 양곡창고 안의 잔해에 접속했지만 실패했다. 더 이상 그 안을 조사할 방법은 없었다. 주기적으로 벨 소리가 들렸다. 여전히 누군가 우릴 불렀다. 무시하는 데에도 한계가 있었다. 더군다나 연말 공연 대본, 언니와 이모들의 연락처, 가족들의 사진도 다 휴대폰 안에 있었다. 그걸 잃고 싶지 않았다. 누군가는 결국 저 얼굴 없는 여자를 마주해야 한다. 몸이 불편한 율보다는 내가 나서는 게 나았다. 나는 율을 끈질기게 설득했다. 다른 대안이 없자 결국 율도 동의했다. 대신 한 가지 조건을 걸었다.

"나도 같이 가. 하지만 절대 그 속에 들어가진 않을 거야. 그건 너 혼자 해."

"알았어. 가주는 것만으로도 고마워."

율은 마지못해 고개를 끄덕였다. 솔직히 혼자 문을 열 용기까진 없어서 율의 동행이 고마웠다. 율이 문을 붙잡고 있으면 얼른 달려가 휴대폰을 주울 계획이었다. 어릴 땐 계주 선수를 한 적도 있으니 눈 딱 감고 뛰면 무사할 거였다. 우리는 가장 해가 쨍쨍한 낮에 도전하기로 약속했다.

다시 흰 그림자가 가득한 문 앞에 섰다. 투박한 페인트 결이 도드라졌다. 바닥과 맞닿은 부분은 물때가 낀 것처럼 어둑하고, 여러 번 덧대어진 부분과 아닌 부분이 울룩불룩한 그림자를 만들었다. 장마철 하늘처럼 뿌연 빛들이 아래로 고일 것만 같은 문이었다.

자국을 응시하면 허여멀건한 얼굴 가운데로 추락하는 기분이었다. 새벽 안개처럼 텅 빈 하양만이 쏟아지는 백색의 문은 거대한 여자의 흰자위 같았다. 그 여자의 비어버린 흰자위 말이다. 난 재차 흐려지려는 의식을 다잡았다. 율이 신호했다.

"준비됐어? 문 연다. 하나, 둘, 셋."

그 애가 손을 뻗었다. 율은 손잡이에서 전해지는 싸늘한 냉기에 움찔 놀랐다가 마른침을 삼킨 후 손목을 돌렸다. 난 우리가 착각한 것이길 바랐다. 이 문이 열리면 아무것도 없고 괜히 쓸데없는 걱정이었구나 하는 안도가 들길 바랐다. 시야에 가장 먼저 들어온 건 환풍구 너머로 비치는 이팝나무였다.

그건 더 이상 희지 않았다. 튼 살처럼 여러 갈래로 갈라진 몸통만 우둘투둘했다. 색이 바랜 잎들은 듬성듬성했고 까진 속이 드러났다. 칼을 쥔 여자는 여전히 그 앞에 있었다. 그림자와 빛의 경계 사이 백지보다도 창백한 얼굴로 앉아 있었다. 호흡하는 것마냥 몸을 흔들거렸고 그때마다 칼날과 그림자가 눈부실 정도의 흰색으로 변했다. 난 마음을 진정시켰다. 여러 번 심호흡을 한 후 발을 옮겼다. 율이 휠체어를 달각거렸다. 나는 천천히 안으로 들어섰다.

여자는 정말로 거대했다. 한 발 한 발 다가갈수록 머릿속마저 하얗게 세는 기분이었다. 끝없이 펼쳐진 남극의 얼음 위를 걸으면 이런 느낌일까, 목숨이 끊기기 직전 보는 환영이 이럴까. 눈도, 코도, 입도 보이지 않으니 여자의 표정을 가늠할 수 없었다. 하지만 왠지 내 쪽을 바라본다는 생각이 들었다.

지난번보다도 여자는 더 부풀었다. 천장에 머리가 닿기 직전이었다. 저 여자는 내가 다가오는 걸 기다렸다. 오랜 먹이를 노리는 것처럼, 제물을 잡아먹기 위해 기다리는 시간쯤은 익숙한 것처럼. 여자는 흰 그림자만 빛내며 앉아 있었다. 난 벽을 더듬으며 여자 쪽으로 다가갔다.

구석에 새카매진 로봇 이모의 파편이 너저분했다. 그보다 좀 더 중앙에 휴대폰이 있었다. 난 여자의 눈치를 보며 입을 뗐다.

"방해했다면 죄송해요. 휴대폰을… 가져갈게요. 제 것이거든요. 지금 정말로 필요해서…."

여자는 묵묵부답이었다. 나도 모르게 숨죽이느라 호흡이 벅찼다. 여자에게서 눈을 떼지 않은 채 몸을 수그렸다. 혹시나 칼이 날아올까 봐 두려웠다. 하체를 한껏 뒤로 뺀 우스꽝스러운 자세로 팔을 뻗었다. 어깻죽지와 팔뚝이 뻐근했다.

몸을 낮춰 휴대폰을 집으려는데 거리가 모자랐다. 식은땀이 죽 흘렀다. 휴대폰이 손끝에서 미끄러졌다. 여자의 밋밋한 얼굴이 확대되었다. 날 집어삼킬 것 같았다. 자꾸 휴대폰을 놓쳤다. 율이 허우적대는 날 보고 무어라 소리쳤지만 잘 들리지 않았다. 순간, 여자가 내게 얼굴을 들이밀었다. 오금이 저렸다.

'당신의 실체를 알고 싶지 않아.'

난 속으로 외쳤다. 가을바람이 스밀 때마다 낟알들이 흔들렸다. 여자도 휘날렸다. 아니, 그 여자는 스스로 몸을 기울였다. 마치 제 발로 들어온 먹잇감이 어떻게 생겼는지 자세히 살피려는 듯. 여자와 여자의 흰 그림자가 아지랑이처럼 일렁였다. 난 숨을 멈췄다. 옆구리가 욱신거

렸다. 신경이 콕콕 쑤셨다. 사지에서 힘이 죽 빠졌다. 맹
수 앞에 선 초식동물처럼 위축되었다. 한 걸음만 더 내디
디면 휴대폰을 주울 수 있었다. 그러나 목덜미가 빳빳해
더 이상 몸이 기울어지지 않았다.

"당신은 여기 있으면 안 돼…."

그렇게 중얼거린 순간 여자가 얼굴을 들이밀었다. 끝
없는 공허가 펼쳐졌다. 순식간에 하얗게 모든 걸 지울 것
만 같은 공백이었다. 여자는 넘치고 넘쳤다. 다른 여자들
을 밖으로 내보내고도 남았다. 어디가 경계의 끝인지 몰
랐다. 그 흰 얼굴은 나와 율, 동생들과 이모들, 전 세계를
덮어버릴 만큼 늘었다. 생명이 몸 밖으로 빠져나가는 것
같았다. 이 여자는 존재 자체로 비명이었다. 백지장처럼
하얗게 질린 비명. 새하얗게 닳은 목구멍들의 저주였다.
여자는 자신의 원한 때문에 온 세상을 제물로 만들려 여
기 왔다. 내 얼굴에서 핏기가 가셨다.

요란한 전화벨 소리가 들렸다. 율이 비명을 지르며 휠
체어째로 펄쩍 뛰었다. 난 그만 휴대폰을 놓치고 바깥으
로 달음박질쳤다. 창고 문을 쾅 닫았다. 그 자리에 주저
앉았다. 사색이 된 날 본 율은 다급하게 소매를 끌며 울
부짖다시피 외쳤다.

"왜 그래, 왜 그래, 왜 그래."

조금도 움직일 수 없었다. 대답도 나오지 않았다. 온몸

이 땀으로 흥건했다. 빈혈이 일고 입술까지 차가웠다. 금방이라도 탈진할 것 같았다. 반쯤 숨을 쉬지 못해 고꾸라졌다. 율은 필사적으로 바퀴를 굴려 날 데리고 도망쳤다. 나는 무엇에 홀린 사람처럼 계속 못 하겠어, 못 하겠어, 못 하겠어. 이 말을 쉴 새 없이 중얼거렸다. 율은 내 머리를 끌어안고 거듭 말했다.

"괜찮아, 괜찮아, 괜찮아."

기겁한 율은 혼비백산한 내 등을 마구 두드렸다. 열 번째에 내가 기침을 토했다. 율의 손이 매운 게 다행이었다. 등이 화끈거렸다. 율은 내 목덜미를 질질 끌어 자리를 벗어났다. 살이 까질 정도로 세게 끌었다. 그 애의 손바닥엔 사람의 이목구비 같은 세 개의 티눈이 남았다.

다시는 창고에 가고 싶지 않았다. 여자는 여전히 그 자리를 차지했다. 침입자는 나였다. 그곳에 들어가면 절대 용서받지 못할 기분이었다. 흰 창고는 여자의 장소였다. 그날 온종일 얼이 빠진 날 보고 율도 더 이상 창고 이야기를 꺼내지 않았다.

6장
—
침묵의 계절은 미완성

왜 어떤 업은 아이들에게 대물림될까. 선대가 해결하지 못한 고통을 떠안는 게 운명의 목적인 양. 사람들이 출산을 이어 가는 이유는 오직 그뿐인 것처럼. 무구한 나이일수록 어른들의 업보를 짊어지는 걸 막을 수 없다. 난 어릴 때부터 삶의 이유가 궁금했다. 죽음은 익숙했다. 태어나면서부터 속죄양의 운명에 휩쓸렸으니 당연하다. 그런데도 반짝이는 순간들을 놓고 싶지 않았다. 소망을 가지는 자체가 죄는 아니지 않나. 제단에 오르는 어린양에게도 그 날의 하늘이 얼마나 화창했는지는 중요했을 거다. 하지만 어린양들은 제물의 운명을 방어할 순 없다. 그저 고삐 쥔 손을 따라 한 걸음 한 걸음을 무덤 위로 옮길 뿐.

여자와 마주한 후 나는 식음을 전폐하고 깊은 잠에 빠졌다. 꿈속에서 수많은 이모의 얼굴이 스쳤다. 이모들은 저마다의 자리에서 떡을 찌고 빨래를 다듬고 이유식을 먹이고 어린 아기의 몸을 포대기로 감싸 쓰다듬었다. 분유를 타고 그릇을 씻고 밭을 갈고 나물을 데치는 이모들. 이모들을 부르고 싶었다. 자꾸 목이 메었다. 실은 이모들의 약속에 의문을 가졌다. 그걸 인정해야 했다.

이모, 나는 착한 아이가 될 수 없어. 엄마를 죽이고 싶었는걸.

나쁜 아이조차 되지 못했어. 칼 든 여자가 두려워 혼비백산한 걸 봐.

나를 지나친 약속들을 떠올렸다. '너흰 우리 아이야, 포기할 일 없어. 믿고 기다리렴. 우리는 돌아올 거야.' 이모, 내게 그 약속을 믿을 자격은 있을까?

사람들은 여러 번 우리에게 약속을 던졌다. 그리고 어겼다. 기대를 포기하는 순간과 다음 희망을 쌓는 과정 사이가 우리 삶이었다. 허무도 우리에겐 사치였다. 어쨌든 엄마가 내게 남긴 삶은 계속 흘렀고 죽어지진 않았으니 살아야 했다. 이모들에게 묻고 싶었다. 내 엄마가 수없이 반복한 절망의 굴레를 나라고 벗어날 수 있을까? 백색의 비명으로 사라지는 일 외에 대체 내가 할 수 있는 게 뭐란 말인가?

　이모들이 농성하던 날, 주변 어른들은 그런다고 세상이 바뀌지 않는다고 했다. 멀리서 혀를 차던 그 사람들은 나보다 몇 배의 인생을 살았다. 더 많은 사회를 경험하며 패배감이 쌓였기 때문이었을까. 그렇다면 도대체 세상의 변화는 언제 일어나는 걸까. 끝없는 의구심이 올라왔다. 그럴수록 세상이 살 만한 곳인지 확신할 수 없었다. 이 세상에서 나를 지금까지 키웠던 건….

　엄마의 칼에 찔렸을 때, 나는 아주 날카로운 침묵을 터뜨렸다. 폐와 몸이 찢어지며 새는 소리는 무음에 가까웠다. 그 감각은 어떤 말로도 표현할 수 없다. 그건 단지 격렬한 침묵이었다. 비명에 버금가는 침묵이었다. 난 내가 그 날 어떤 목소리를 내었는지 안다. 꿈속에서 엄마의 얼굴을 마주하면 언제나 아무런 소리도 들리지 않았기 때문이다. 엄마도, 나도, 우린 침묵으로밖에 말할 수 없었다.

　소리 지를 입도, 눈물 흘릴 눈도, 애원을 들을 귀도 없는 당신이 꺼림칙하다.

　당신의 빈 얼굴에도 이 침묵이 가득하다. 끊임없이 무언가를 호소하던 침묵에서 벗어나고 싶었다. 허옇고 텅 빈 방을 견딜 수 없었다. 이제 와 당신이 날 찾아올 이유는 대체 무엇인가. 난 이미 제물의 몫을 치르지 않았나.

당신이 사라지면 좋겠다. 당신은 정말 무책임한 존재였다. 얼굴을 기억할 수 없다는 사실마저 원망스럽고 끔찍한 나의 엄마.

실체 없는 존재를 사랑하는 건 최악의 형벌이다. 그것만큼 무한한 지옥은 없다. 사랑해서 증오하든, 증오해서 사랑하든 끝없는 이상화에 시달린다. 대상이 거대할수록 나는 초라하다.

꿈속에서 이모들에게 세상을 믿을 방법이 있느냐고 물었다. 이모들은 슬픈 눈으로 밥을 지었다. 한 이모의 품에서 어린아이가 주먹을 꿈틀댔다. 순한 쌀꽃 같은 손이었다. 어쩌면 그 애도 제물의 손금을 가졌을지 몰랐다. 이모들은 최선을 다해 그 애를 품에 안았다. 젖을 먹이고, 고운 쌀죽을 손바닥으로 떠 입안에 흘렸다. 사형수에게 주어진 최후의 만찬 같았다. 이모들이 내 손바닥을 가져갔다. 그 위에 따듯한 죽을 부어주었다.

우리 엄마는 여전히 얼굴이 없다. 그 사실이 슬펐다.

✳

계단을 메운 빈 얼굴의 여자들 사이를 지났다. 이 여자들은 창고 안의 거대한 여자보다는 나았지만 여전히 난 그들을 쳐다볼 수 없었다. 시선을 바닥으로 내리깐 채 발

걸음을 빨리했다. 식은땀이 흘렀다. 방에 도착하자마자 이불 속에 파묻혔다. 낮잠이라도 자려고 눈을 감았지만 소용없었다.

30분을 뒤척이던 나는 결국 벌떡 일어났다. 가장 먼저 눈에 빈 벽이 들어왔다. 예전엔 로봇 이모가 저곳에 스크린을 쏴 일기를 썼는데. 나는 벽을 바라보았다가, 눈을 내렸다가, 다시 응시했다가 포기했다. 거대한 여자를 마주친 후라 저 빈 공간도 껄끄러웠다.

흰 것에 대한 공포증이 생겼다. 너무 밋밋하고, 매끄럽고, 아무것도 비치지 않아 역설적으로 모든 게 될 것만 같은 비어 있음이 두려웠다. 이팝나무가 보고 싶었다. 매끄럽기만 한 나무는 한 그루도 없다. 자랄 때마다 할퀴고 벌어진 살들을 껍질로 두른다. 우둘투둘하고 흰 곡선들이 나무의 정체성이다.

나는 내 얼굴을 양손으로 만졌다. 눈썹의 생김새와, 이마의 주름과, 콧방울과, 입술과 뺨, 턱을 확인했다. 거친 피부도 매만졌다. 눈가와 입 주변의 근육은 굳었고 코뼈 중간은 약간 튀어나왔다. 중간중간 여드름 자국이 남았다. 손바닥에 닿는 촉감이 낯설었다. 그래도 비어 있진 않음을 확인했다. 화장실로 달려가 거울 앞에 섰다. 유리에 비친 이목구비를 건드려보았다. 밋밋했다. 텅 빈 눈동자에 말을 걸었다. 나를 기억해요? 누구에게 묻는지도 모른 채 질문했다. 이 얼굴은 어디서 왔어요?

나를 잃고 지금 당신은 어디에 있나요.

다시 빈 것들을 쳐다보는 일이 두려웠다. 하지만 내 얼굴에 새겨진 것들도 생소했다. 미간, 콧날, 광대뼈와 턱의 모양새, 피부의 질감, 눈두덩이, 이마, 입꼬리의 형태까지. 이 생김새는 누군가로부터 새겨졌을 텐데. 신의 얼굴은 아니었다. 평생 알지 못한 누군가가 이 얼굴을 남기고 갔다. 난 거울에 이마를 댔다. 차가운 유리 표면이 느껴졌다. 나는 중얼거렸다. 왜 여기 있어요. 제발 좀 가. 이모들이 보고 싶어요. 당신이 아니라. 그 사람은 천천히 고개를 저었다.

밖으로 나왔을 땐 텔레비전에서 '얼굴 없는 여자들' 2부 특집이 방영 중이었다. 패널들의 목소리가 들렸다. 방청객들은 저마다의 얼굴로 패널들을 에워쌌다.

이모들은 아직 돌아오지 않았다. 우리는 막연한 미래를 감내해야 했다. 이모들의 빈자리는 컸다. 텔레비전 음량을 높여도 집이 적막했다. 동생들 앞에서 괜찮은 척했지만 나는 점점 무기력증에 빠졌다. 공부도 대본도 전혀 읽거나 쓸 수 없었다. 무언가를 할 의욕이 사라졌다. 나는 화면만 멀거니 바라보았다. 심리학자가 발언권을 얻은 참이었다.

"인간의 정신도 두 방향으로 구성되어 있습니다. 과학

적인 연관성은 알 수 없으나, 인간의 심리도 물질과 반물질로 구성되어 있다고 표현할 수 있지요. 의식과 무의식이 그것입니다. 의식은 우리가 인지할 수 있는 영역이고, 무의식은 존재하지만 의식화하기 어렵거나 두려운 요소들 또는 불필요하다 판단한 것들을 밀어 넣는 영역입니다. 보통 꿈이나 말실수 등 우리가 조절할 수 없는 자동적인 반응으로 나타나는 경우가 많습니다. 무의식은 의식보다도 광대한 영역입니다. 그러나 간접적인 방법으로만 확인할 수 있지요."

"이번 현상과 관련한 심리적인 기제가 존재할 수 있다고 의견을 주셨는데요."

"그렇습니다. 목격자마다 세부적인 요소는 다르지만 공통되게 여성의 상을 보는 건 일종의 집단무의식적 투사 현상으로 보입니다."

"그건 어떤 의미지요?"

"투사란, 우리가 흔히 사용하는 방어기제로서 자신 내면에 존재하나 현실적으로 받아들일 수 없는 특성을 타인들이 가졌다고 착각하는 현상을 뜻합니다. 예를 들어 내 안에 공격성이 있는데 그걸 인정하면 불안해지니 상대에게 나쁜 의도가 있었다거나 원인을 제공했다는 식으로 탓을 돌리는 거지요.

극적인 경우로는 데이트 폭력이나 가정 폭력 상황에서

그럴 의도가 아니었지만 자신의 분노를 상대가 유발했다고 말하거나, 미성년자 성 착취 범죄에서 자기가 상대에게 성적 관심이 있었으면서 아이가 유혹하여 접근했다 변명하는 예시를 들 수 있습니다. 만약 이번 현상에 심리학적 기제가 개입되었다면, 우리 모두의 어떤 여성성이, 그러니까 우리가 의식적으로 거부한 무언가가 외부에 투영된 거로 볼 수도 있겠지요."

"그렇군요. 투사가 집단적으로도 발생할 수 있나요?"

"전부 투사가 원인이라 할 수는 없지만, 집단적 환각이라는 비슷한 체험들이 보고된 바 있습니다. 예를 들어 다수가 목격한 성모 발현 등의 종교적 체험은 공통된 심상을 공유하는 사람들이 환경적 단서에 자극되어 무의식적 질료를 바깥에 투사한 것으로 볼 수 있습니다. 대기의 변화나 햇빛, 구름, 돌풍을 보고서도 환각을 체험하는 게 가능합니다. 이런 기적 체험은 세계 곳곳에서도 빈번히 보고됩니다."

"반물질 여성들은 카메라나 기계에는 촬영되지 않습니다. 물리적 접촉도 불가능하구요. 따라서 집단적인 심리 요인이 작동하여 이와 같은 현상을 유발했다고 볼 수도 있겠군요. 물리적으로 다수의 신경계를 조정하여 투사 현상을 유발하는 것도 가능할까요?"

화면은 이제 신경 공학자를 비추었다. 나는 그 사람들

이 말하는 개념을 머릿속으로 곱씹었다. 한편으로 그 이야기들은 지독했다. 여자들은 이미 잠재의식 속 괴물이었다. 나는 내 의식의 아득한 영역 속 자리한 괴물이 세상에 나타난다면 스스로의 모습일 줄로만 상상했다. 엄마 모습으로 등장할 줄은 몰랐다.

그것들은 여자의 역사가 사라진 만큼 발생하는 유령이었다. 이상했다. 전문가들은 다른 걸 밝혀야 했다. 나는 아버지의 얼굴도 똑같이 모르는데, 왜 그들은 전부 여성의 모습으로 나타날까. 그 여자들은 어딘가로 밀려난 존재들이었다. 우리에겐 대체 무엇이 가장 상실되어 있는 걸까?

나와 모친의 관계에서 인생의 끔찍함을 신생아인 내게 투사한 건 엄마 쪽이었다. 그러니 그토록 무참히 날 찔렀을 것이다. 그랬으면서 세상에 투사되어 여전히 보육원 한쪽을 차지한다. 이모들이 보고 싶었다. 하루하루 기다리는 일 외에 무엇도 할 수 없다니 참담했다. 마음은 한없이 무거웠다. 나는 다리를 끌어안고 얼굴을 묻었다.

"야. 이 언니한테 감사해라."

율이 방으로 들어오며 내 옆에 무언가를 툭 던졌다. 율의 머리카락은 수영을 한 것처럼 흠뻑 젖어 있었다. 오른손 약지에는 멍이 들었다. 내가 율의 몰골에 놀라는 동안 그 애는 자기가 던진 물건을 눈짓했다. 양곡창고에 두고 왔던 휴대폰이었다. 나는 허둥지둥 휴대폰을 살폈다.

"어떻게 가져왔어?"

율은 진저리를 치면서 대답했다.

"어휴, 씨발. 해보니 별것도 아니던데. 내가 너보다 한 수 위인 거 인정하지? 받들어 모셔."

그 애는 휠체어에서 내려와 내게 몸을 붙였다. 발등에 생쌀 몇 알이 붙어 있었다. 난 그걸 털어주었다. 이때만큼은 진심으로 율이 존경스러웠다. 율은 마른세수를 하더니 내 무릎을 베었다. 그러고는 많이 긴장했던지 이내 꾸벅꾸벅 졸았다.

난 율의 손을 두어 번 쥐었다. 그 애가 깨지 않도록 조심스레 휴대폰을 갈무리했다. 배터리가 닳은 화면은 깜깜했다. 휴대폰을 충전기에 연결한 후, 다시 텔레비전에 집중했다. 율의 티눈 박인 손마디와 약지를 쓰다듬었다. 방송에선 토론의 열기가 뜨거웠다.

"사람 뇌의 시냅스 수는 약 10^{14}개입니다. 사람의 일생을 100년 정도라고 하면 3×10^9초쯤 되니까 그보다도 많은 수이지요. 현재 마이크로 로봇으로 신경망 세포를 전달하여 손상 부위를 회복하는 작업이 가능합니다. 이걸 역으로 이용할 수도 있습니다. 다만 다수에게 동시적으로 적용하는 건 불가능합니다. 인간의 뇌 또한 워낙 광범위한 영역이기 때문입니다."

"확률이 아예 없는 건 아니지만 기술의 한계를 고려할 때 가능성은 희박하다는 뜻이겠군요. 말씀 감사합니다. 이 여성들의 존재 이유가 무엇인지, 왜 발생했고 무엇을 위해 존재하는지 차차 더 지켜보아야 하겠습니다."

＊

다음 해, 신은 다시 제물을 요구했다. 이번엔 내가 자원했다. 더 이상 친구가 없는 행성에선 살고 싶지 않았다. 사람들은 기뻐했다. 그들은 자신이 희생되지 않았음을 반기며 나를 보냈다. 신은 언제나처럼 찾아와 나를 행성 바깥으로 데려갔다.

난 이미 좌절의 끝에 서 있었다. 심해의 삶도 죽음과 비슷했지만 지상이 우리에게 어떠하기를 강요하기 전까진 괜찮았다. 어둠 속에서 스스로 빛나는 삶이 좋았다. 하지만 바깥사람들은 자신들의 빛만 인정하며 우리를 폄하했다. 그들의 시선을 깨닫기 전까지 난 그저 내 친구를 사랑하며 작은 것들을 먹는 아이였다. 사람들이 내 친구를 제물로 결정하며 끌고 가기 전까지 나름대로 행복했다. 그러나 그마저 사라진 지금 소멸하고 싶었다. 그래도 괜찮았다.

신은 먼 우주의 별로 나를 데려갔다. 토성의 위성 근처 어디

쯤이었다. 그곳은 오색 빛깔의 다이아몬드가 여러 갈래로 쏟아지고 파편에 비친 내 그림자가 찬란한 곳이었다. 그 사이에서 투명한 모습의 인영이 걸어 나왔다.

사랑하는 내 친구였다.

그 애는 팔 벌려 활짝 웃으며 날 껴안았다. 감격에 겨운 나는 그 애에게 입 맞췄다. 그 애는 나를 끌고 행성 이곳저곳을 구경시켰다. 우주 바깥에 이토록 아름다운 세계가 있는 줄 몰랐다. 비록 제물이 되었으나 친구는 천국에 살았다. 다리가 불편했던 친구는 이곳에서 인어처럼 자유로이 헤엄쳤다. 이곳은 인어의 별이었다. 가고 싶은 곳은 어디든 갈 수 있었으며 보석 사이를 마음껏 유영했다. 아름다웠다.

✳

다음 날, 율은 자신이 어떻게 창고 안에 들어갔는지 모험담을 풀었다. 그 애는 소화기로 문을 지탱하고 휠체어를 밀었다. 휴대폰은 잠잠했다. 여자는 미동도 없었다. 율은 계속 안으로 진입했다. 포기하지 않고, 물러서지 않고, 계속 다가갔다. 여자가 가까웠다.

율은 휴대폰을 주우려 몸을 숙였다. 손이 잘 닿지 않

왔다. 바닥으로 내려가야 했다. 여자는 여전히 정지한 채였다. 율은 고민하다 천천히 휠체어에서 내렸다. 휴대폰을 주머니에 집어넣었다. 여자는 율 쪽을 향했으나 움직이지 않았다. 긴장되는 순간이었다.

율은 부리나케 휠체어에 올라탔다. 그러다 그만 손에 땀이 배어 미끄러졌다. 설상가상으로 휠체어가 바깥으로 밀려나며 소화기와 부딪혔다. 반동으로 문이 쾅 닫혔다. 동시에 발목으로부터 섬뜩한 감각이 느껴졌다. 여자가 제 발목을 잡는다는 생각에 율은 마구 뒹굴었다. 맨바닥에서 버둥대며 바깥쪽으로 도망쳤다. 율은 거의 5분간 패닉에 빠져 울부짖었다.

"그때 손가락을 찧었어. 진짜 죽는 줄 알았다니까."

"진짜 무모했다. 나라도 불렀어야지."

"네 꼴을 봐라. 까딱 잘못했다가는 너까지 비명횡사할 거 같아서 내가 나선 거 아니냐."

율은 아직도 그때 일이 생각나는 듯 몸을 부르르 떨었다. 나도 지난번 일이 떠올라 입을 다물었다.

"알고 보니 그냥 문을 다시 열면 되는 거였어. 내 착각이었지 뭐야. 그래도 진짜 무섭더라. 여자는 가만히 있었어. 날 공격하지도, 위협하지도 않았어. 그렇다고 무해한 존재라곤 못 하겠지만. 여자는 그냥 그곳에 있었어. 덕분에 정신 차리고 얼른 도망쳤지. 손이 좀 아프긴 하지만 별건 아니야."

율이 약지를 들어 올렸다. 퍼런 피멍이 심했다. 하지만 율은 개의치 않고 손을 흔든 후 내게 휴대폰을 켜보라 재촉했다. 나는 충전기와 휴대폰을 분리했다. 율이 고생하며 구한 휴대폰이니 꼭 쓸모가 있길 바랐다. 전원을 누르자 불이 들어왔다. 그런데 화면이 이상했다. 메모장 몇 개만 깜박이고, 통화 버튼도 앱도 보이질 않았다. 그동안 썼던 글조차 완전히 깨진 상태였다.

우리는 당황하여 재차 기계를 살폈다. 휴대폰을 흔들고 설명서대로 초기화도 했다. 화면은 점점 하얗게 바랬다. 휴대폰을 되돌릴 방법을 아무리 검색해도 비슷한 증상을 찾지 못했다. 이게 우리의 유일한 동아줄이었는데, 좌절감에 머리가 멍했다. 율이 욕설을 뱉었다. 그 고생을 했음에도 먹통이니 짜증 날 만했다.

"이상하네. 창고에선 분명히 작동했는데…."

내가 중얼거렸다. 율이 날 쳐다보았다. 그 애가 눈썹을 찌푸렸다.

"설마 거길 다시 가라고?"

때마침 로봇 이모가 우리에게 다가왔다. 난 창고 속에서 부서진 로봇 이모를 상기했다. 와이파이를 연결하려면 신호가 강한 곳이 필요하다. 휴대폰도 무엇인가에 영향을 받았다. 창고에선 분명 벨이 울렸으니까. 그곳의 무언가와 관련 있는 게 분명했다. 난 찜찜하지만 한 번 더 창고에 가자고 했다. 율은 진절머리를 냈다.

"이럴 줄 알았으면 그딴 소리 듣고 손 다쳐 가면서까지 애쓸 필요 없었지. 그냥 포기하고 공중전화 남은 곳 없나 찾아보자."

"그딴 소리?"

"그 여자 목소리 말이야. 진짜 소름 끼쳐. 하마터면 미치는 줄 알았…."

율이 황급히 입을 다물었다. 나는 그 애를 쳐다보았다. 의아했다. '그 여자'들은 얼굴이 없으니 당연히 입도 목구멍도 없다. 그런데 목소리라니. 그들이 어떻게 소리를 낸단 말인가. 뉴스에서도 여자들은 침묵한 채 아무것도 하지 않는다고 했다. 소리를 낸다는 목격담은 없었다. 그 존재들은 길목에 세운 표지판처럼 묵묵히 서 있기만 한다. 만일 율이 정말로 여자의 목소리를 들었다면 특종으로 제보해도 될 정도다.

"그 여자가 소리를 내?"

"아마도."

"아마도?"

모호한 대답에 내가 미심쩍어하자 율은 눈에 띄게 안절부절못했다. 난 더욱 불안했다. 이런 상황에서 왜 굳이 말을 삼가는지 이해할 수 없었다. 율까지 내게 거짓말을 하면 나는 믿을 만한 사람이 없다. 덜컥 겁이 났다. 난 그 애를 추궁했다. 율은 목만 벅벅 긁었다. 그 애 손가락의 푸른 멍이 도드라졌다. 내가 계속 닦달하자 율은 결국 성을 벌컥 냈다.

"정 그러면 다시 가. 창고에 가서 직접 확인하라고."

휴대폰을 낚아챈 율이 앞장섰다. 말은 함구하면서 신경만 날카로웠다. 그게 더 이해가 가지 않았다. 무언가를 들었으면 들었다, 아니면 아니다 확실하게 말하면 될 걸. 입을 다무니 괜히 수상했다. 난 떨떠름하게 그 애의 뒤를 따랐다.

결국 우리는 또다시 창고 앞에 섰다. 복도를 돌아다니던 로봇 이모가 우리에게 따라붙었다. 율은 로봇 이모를 휙 밀쳤다. 원장에게 경고하려는 듯 로봇 이모를 향해 험악한 표정을 지었다. 나도 로봇 이모에게 멀리 가라고 말했다. 율이 창고 앞에서 휴대폰을 흔들었다. 휴대폰은 여전히 먹통이었다.

"더 안쪽으로 가야 하나?"

율과 나는 서로를 마주 보았다. 그러나 누구도 창고 안으로 다시 들어가고 싶은 마음은 없었다. 그때였다. 우리가 밀어냈던 로봇 이모가 끈질기게도 다시 돌아왔다. 율은 한숨을 내쉬더니, 로봇 이모에게 다가갔다. 그러고는 로봇의 손 위에 휴대폰을 올렸다.

"이모도 어른이라면, 적어도 이모 역할을 할 거라면, 망가진 다른 이모에게 책임을 느낀다면. 이거 갖고 저 안에 들어가봐요."

나는 쓸모없는 짓이라고 생각했다. 로봇 이모는 기껏해야 '결괏값이 입력되지 않은 명령어' 운운하며 무엇도 하지 않을 게 뻔했다. 난 차라리 내가 도전할 테니 휴대폰을 돌려달라 말했다.

그런데 이상한 일이 벌어졌다. 손바닥에 휴대폰을 올린 로봇 이모가 천천히 창고 쪽으로 이동했다. 우리가 시켜서인지, 원장이 조종해서인지, 자발적인 움직임인지는 알 수 없었다. 다만 로봇 이모는 율이 권한 대로 창고 앞에서 몸체로 문을 툭툭 치기 시작했다. 이걸 열라는 듯. 율은 나와 마주 보았다.

곧 율이 손을 뻗어 문손잡이를 돌렸다. 안이 드러났다. 로봇 이모는 망설이지 않고 그 속으로 들어갔다. 우리는 로봇 이모가 부서진 로봇의 파편을 향해 다가가는 걸 지켜보았다. 하얀 문 속으로 빨려들듯 로봇 이모는 안으로, 안으로 깊이 향했다. 우리는 그 뒷모습을 바라보았다. 정면엔 얼굴 없는 여자가 있었다.

"조심해요."

내가 작게 속삭였다. 로봇 이모는 대답하지 않았다. 그저 쌀포대에 이리저리 부딪히며 창고 정중앙에 다다랐다.

그때였다. 로봇 이모의 등에서 알람이 울렸다. 기관 전체에 공지를 할 때 쓰는 알림이었다. 이모들과 후원자에게 한꺼번에 전송되는 편지가 도착했다. 로봇 이모는 그걸 수신했다. 로봇 이모의 눈동자가 녹색으로 새파랗게 빛났다. 몸 중앙 모니터에서 자동으로 메일을 쏘았다. 빈 스크린처럼 허연 여자의 얼굴에 그 내용이 비쳤다. 발신자는 원장이었다. 원장이 후원자들에게 '해명문'을 보냈다는 걸 알 수 있었다. 글자들이 확대되었다. 우리는 전문을 똑똑히 읽었다.

지난번 발생한 불미스러운 일의 정황을 알려드립니다. 주 보호사를 비롯한 스무 명이 본관 시설물을 점거하여 업무가 마비되었으며 재단 사업과 관련한 인격적 모독과 심리적 압박으로 임원들의 정신 및 신체 건강이 침해받은 상황이었습니다. 이에 재단은 아동 및 직원들의 안전 확보가 시급하다 판단하여 관할 경찰서에 공문을 제출하였고 구조 요청을 받아들인 기동대 천 명이 원 내에 진입하였습니다. 현재 아동들은 안전하게 보호받고 있으며 앞으로 이번 사태를 원만히 해결하기 위해 노력할 것임을 약속드립니다. 후원자 및 선우원을 사랑하는 여러분께서는 너그러이 이번 사태를 이해하고 지켜봐주시기 바랍니다.

— 선우원 원장 ○○○

어이가 없었다. 가증스러웠다. 원장은 이 편지를 선우원과 관계된 모든 사람에게 보냈다. 그런 배짱을 부리는데에는 믿는 구석이 있었다. 자신이 옳고 누구도 반론하지 못하리라는 강렬한 확신 말이다. 우리는 이모들과 통화 한 번을 하는 것도 어려운데, 사실을 교묘하게 비튼 원장의 편지는 모르는 사람들이 보면 그럴듯하게 여겨질 것 같았다. 원장에게 속아 넘어간 사람들은 우리가 못된 이모들로부터 구출되어 살아가는 줄 알겠지.

화가 났다. 과연 이 편지를 읽고 진실을 면밀하게 파악할 사람들이 얼마나 될까. 한 번 더 의문할 사람들은 몇이나 있을까. 이 편지는 우리에게 진실을 알려주었다. 우리는 삶의 주연이 아니구나. 온갖 자기계발서에서 읊는 말들은 다 거짓이었다. 너 자신이 최고다, 원하는 건 모두 이루어진다…. 그런 말들은 전부 엉터리였다.

이미 다 가져본 사람들만이 그 말들을 믿고 싶어 한다. 제 이득을 합리화할 수 있으니. 원장 같은 무리가 자신들의 삶을 주연으로 만들기 위해 우리의 삶을 가로채는데, 우리에게 절실한 건 이모들이 돌아오는 날임에도 이런 글로 거짓을 배포하는데. 선우원 주변에 어떤 관객들이 가득했는지 떠올랐다. 여전히 사람들은 우릴 두고 제 삶의 비극과 동정심을 충전한다. 저렇게 사는 것보단 낫다며 자기 삶에 감사의 기도를 올리겠지. 멋대로 우리에게 필요한 걸 결정하고 보답을 종용하겠지. 고비를 넘기면 감동을 요구하고, 그마저도 빼앗고 싶어 하겠지. 우리 주제에 무슨 욕망을 가지고 편의를 누리느냐고 비아냥대겠지. 입맛에 맞지 않으면 쳐다보려 하지도 않겠지. 결핍을 액세서리로 여기는 이들은 우리 삶에 필요한 최소한이 무엇인지 상상조차 못 한다. 내 인생은 그저 주인공 없이 극성인 관람객들로 가득한 무대 같았다. 그것마저도 돈줄로 여기는 원장과 이사회가 있었다.

율은 이를 득득 갈며 건물 밖으로 나갔다. 나도 더 이상 무언가를 할 의욕을 잃은 채 창고 앞에 주저앉았다. 흰 문 안에 자리한 얼굴 없는 여자와 로봇 이모를 바라보았다. 완전히 날아가버린 대본들이 아까웠다. 로봇 이모와 연동해 가며 새 휴대폰으로 어렵게 적었던 글이었는데. 이모들이 준 선물로 만들었고 율을 주인공으로 한 글이었는데. 우리 모두가 등장하는 연극이었는데. 지금은 다 부질없었다. 어쩌면 원장은 그것조차 염탐했을지도 모른다. 내 이야기를 얼마나 비웃었을까. 나의 모든 작업이 초라하게 느껴졌다.

문득 엄마의 장례식이 궁금했다. 이 고독한 날 그런 걸 상상했다. 기분이 이상했다. 엄마에 대한 죄책감 때문은 아니었다. 무연고자로 쓸쓸히 병동에서 죽었을 엄마의 서늘한 숙명과 내가 연결된 것만 같았다. 난 크게 울고 싶었다. 그러나 언제나처럼 눈물은 나오지 않았다. 이마만 차가웠다. 눈물도 주체들만 흘릴 수 있었다. 비체들에겐 허락되지 않는다. 아니, 어쩌면 우리가 세상의 분비물보다 못한 존재라 울음의 가치조차 못 느끼는지도 모르지. 내가 만약 엄마의 영정 사진을 마주한다면 과연 그 죽음을 애도할 수 있을까. 내 안에 당신이 있고 당신 안에 내가 있었음을 인정할 수 있을까. 엄마에게 보육원이라도 있었다면 우리 인생이 좀 달랐을까.

지금 내 신세도 얼굴 없는 여자들과 별다를 바 없다. 빈 얼굴로 우두커니 숨죽인 채 사는 것. 그것밖에 할 수 있는 게 없다. 이모들을 빼앗긴 집에 남은 건 오직 로봇 이모들의 데이터를 움켜쥔 원장의 기만뿐이었다. 지금 로봇 이모는 부서진 다른 로봇의 잔해를 밟으며 돌아다닌다. 누가 누구에게 미안해야 하는지 알 수 없었다. 로봇 이모에게 정을 붙이려던 건 인간의 바보 같은 믿음이었다.

그럼에도 슬펐다. 얼굴 없는 여자도, 동족을 추모할 수 없는 로봇 이모도, 우릴 먹여 살린 이 창고도 죄다 허옇고 창백했다. 내 안에서 요동치는 고통은 바깥 세계와 달랐다. 내 존재와 눈물은 계속 어긋났다. 관객들이 나의 슬픔을 허용하지 않는 한, 내 경험과 감정은 계속 평행선을 그렸다.

갑자기 마당에 있던 얼굴 없는 여자들이 천천히 움직였다. 그들은 나를 향해 다가왔다. 으스스했지만 이전처럼 도망갈 기운은 없었다. 여자들도 이목구비가 없으니 나처럼 울지 못하겠지. 반물질의 세계에선 주체가 아니었던 것이 주체가 되기도 할까? 어릴 때 목청껏 내지르던 본능적 울음은 지금 다 어디로 갔을까?

여자들이 점점 가까워졌다. 그들은 나를 빙 둘러쌌다. 그들이 날 감싸도록 내버려두었다. 귀가 얼얼했다. 온몸이 얼어붙었다. 추웠다. 나는 웅크린 채 양팔을 부둥켜안았다. 이가 서로 부딪칠 정도로 서늘했다. 나는 더욱 움츠렸다. 다시 태어나고 싶은 사람처럼. 여자들이 내 위로 몸을 기울였다. 숨을 참았다. 정신이 아찔했다. 목을 길게 빼어 날 바라보는 그들 때문에 나는 달팽이처럼 수그렸다. 손끝 하나 까닥할 수 없었다.

벨 소리가 들렸다.

휴대폰이 작동했다.

누군가 포기하지 않고 내게 전화를 걸고 있었다. 그게 지금 저 창고 안에서 울렸다. 로봇 이모의 손에서 휴대폰이 진동했다. 선명한 녹색 통화 표시가 액정에 떴다. 로봇 이모는 천천히 뒤돌았다. 휴대폰과 연동된 이모는 눈과 배에 똑같은 수화기 모양을 띄웠다. 거대한 여자도, 로봇 이모도, 내 주변의 다른 여자들도 그곳을 바라보았다.

그들이 날 에워싸는 바람에 도망칠 수는 없었다. 그것들은 내가 직접 안으로 들어가 연락을 받길 바랐다. 옆구리에 통증이 느껴졌다. 어쩌면 이건 제물을 요구하는 미끼인지도 몰랐다. 거대한 여자의 칼날이 똑똑히 보였다. 전화벨이 울릴수록 옆구리의 자상도 따끔거렸다.

불빛이 내 얼굴을 향했다. 이제 창고 안은 온통 여자들의 얼룩으로 번뜩였다. 그것들은 제각각 흰 그림자로 발광했다. 운명은 내게 저 소식을 받아야 한다고 종용했다. 누가 내게 이토록 끈질기게 연락을 하는 걸까. 여자들은 내 등을 떠밀었다. 내 얼굴은 영혼인지 사람인지 구분되지 않을 흰색으로 질렸다. 저 너머에서 오는 연락을 받아야 한다. 구천에서 떠도는 소리는 내가 연락을 수신해야만 멈출 것이다.

너는,
마르지 않는 폐허에도,
우리가 숨 쉰다는 걸 알아야 해.

그 목소리는 여자들로부터 내게 스며들었다. 귀를 막아도, 눈을 감아도 들렸다. 그들은 내가 응답하길 바랐다. 오직 창고 안으로 들어가는 길만 터놓은 채 내가 돌아설 수 없도록 뒤를 지켰다. 저 하얗고 기이한 세상 속으로 뛰어들어야 했다. 누구도 대신해줄 수 없다.

머릿속에 화이트 노이즈가 입김처럼 퍼졌다. 어디로 들어오는 감각인지 구분할 수 없었다. 통신은 눈으로 볼 수 없는 세상 모든 곳으로부터 왔다. 얼굴 없는 것들이, 창백한 로봇 이모가, 죽어버린 엄마가, 아버지의 우상이 없는 곳에서 부푼 신이⋯. 서늘한 칼날 아래로 내가 눕길 바란다.

제물이 필요하니까.

내 출생의 이유를 깨달았다. 세상은 희생자가 낳은 희생자, 어린양이 낳은 어린양의 양분으로 굴러갔다. 여자의 운명을 전수한 여자들로 이루어졌다. 끝없는 번식과 사육의 굴레에서 여자의 죽음을 뛰어넘는 건 다른 여자의 죽음뿐이었다. 내가 죽지 않았으니 결국 나의 어머니가 죽었다. 이젠 내 차례였다. 당신을 잡아먹은 죽음을 갉아먹는 또 다른 죽음이 창고 안에 있다. 구석진 흰 방. 영혼의 가장 낮은 곳에서 울리는 접촉은 이곳에서만 가능했다.

난 여자들에게 굴복했다. 엉금엉금 바닥을 기었다. 꼴사나운 몰골로 내부를 향했다. 벨 소리는 끊이지 않았다. 그건 계속 이어졌다. 로봇 이모가 가까웠다. 그 손에 들렸던 차디찬 전화기를 건네받았다. 눈을 감았다. 여자의 칼이 다시 내 옆구리를 향해도 어쩔 수 없었다. 경계

너머에서도 연락은 계속 오는 중이었다. 입 없는 그들이
내는 목소리를 들어야 했다. 나는 결국 통화 버튼을 눌
렀다.

여보세요,

여보세요….

7장
—

폐허 속에서도 인어는

친구가 내게 설명했다. 제물이 된 사람들은 어떠한 희생도 치르지 않았다. 대신 자신이 원하는 세계를 만들어 살 권리를 얻었다. 오직 제물로 보내진 자에게만 그 세계를 설계할 권한이 주어졌다. 신은 모든 걸 이루어주었다. 친구는 언젠가 나를 만난다면 함께 살고 싶은 세상을 만들었다. 나는 행성 곳곳을 둘러보았다. 어떤 존재라도 이곳에서는 반짝였다. 친구는 여기라면 더 이상 외롭지도 아프지도 않다고 했다. 내 친구는 영원한 축복이 약속된 세계를 만들었다.

신이 내게 말했다. 별을 하나 선택해. 네가 원하는 어떤 방식으로든 그곳을 만들 수 있어. 그게 바로 우주에 별이 수십억 개도 넘게 존재하는 이유지.

타인들에 의해 희생된 자에게 내려지는 보상이었다. 그런데 내가 이곳에 어떻게 왔는지 떠올리자 타는 듯한 미움이 솟았다. 나는 친구처럼 온화하고 기쁠 수 없었다. 친구는 나를 위해 제물이 되었지만 나는 더 이상 친구가 없는 세상에서 살고 싶지 않았다. 그래서 지상의 사람들을 포기했다.

제물 되기를 선택한 건 내 의지가 아니었다. 친구를 희생하길 강요한 자들에 의한 상실이 날 제물의 운명으로 이끌었다. 그들만 아니었다면 우리는 심해에서 계속 살아갈 수 있었다. 그걸 곱씹자 강렬한 혐오감이 치밀었다. 친구는 날 걱정스럽게 바라보았다. 그러나 나는 어떤 세계를 원하는지 묻는 신에게 답을 시작했다.

"누가 봐도 아름다운 천국을 만들어주세요. 누구라도 한번쯤 상상할 만한, 모든 게 갖춰진 세계를요. 무엇이든 풍족하고 원하면 다 이뤄지는 것처럼 '보이기만 하는' 별을요. 그리고 이걸 제가 떠나온 땅에 보여주세요. 자격을 갖춘 이만 이 축복을 받으리라 말해주세요. 그때 누가 선택되어 오는지 지켜보게 해주세요. 마지막으로⋯ 그 사람이 와 누릴 세계를 제가 정하도록 해주세요."

나도, 제물이 가지고 싶었다. 그것이 희생양의 별에 와서 가진 첫 욕망이었다.

　친구는 착잡한 얼굴로 날 쓰다듬었다. 신은 흔쾌히 부탁을 들어주었다.

✳

　오랜만에 정문이 활짝 열렸다. 아이들은 환호하며 달려갔다.

　이모들이 돌아왔다. 정확히 말하면 아주 예전에 우릴 떠났던 이모들이 돌아왔다. 과거의 인연들이 정문에 줄지어 나타났다. 언젠가 선우원과 한 번이라도 연을 맺었던 사람들이었다.

　작년에 퇴직했던 이모나 6년 만에 다시 보는 이모도 있었다. 어떤 이모는 내가 기억하는 모습보다 주름이 늘고 머리가 희끗희끗했다. 스타일이 정반대로 달라진 이모도 있었다. 그래도 우리는 그들을 다 기억했다. 봉사자와 후원자, 선우원 졸업생, 단체 캠프를 가서 만난 선생님들, 도배 공사를 해주었던 업체 아저씨들과 건너편 분식집에서 떡볶이를 한 주먹씩 더 얹어주시던 아주머니도 있었다. 사람들은 점점 늘었다.

　창고 안에서 끈질기게 울린 건 옛 인연들이 안부를 확인하는 전화였다.

원장이 보낸 편지를 읽고 사람들은 모두 화가 났다. 원장이 동원한 공권력은 천 명, 우리 이모들은 고작 스무 명. 명백한 과잉 진압이었다. 이렇게 턱없이 많은 수로 대응할 이유가 무엇이었을까? 사람들은 질문했다. 그날 경찰들이 쓰여야 할 더 중요한 일들은 없었나? 사람들은 원장이 자신들을 얕보는지, 욕심에 눈멀어 멍청해진 것인지 의문했다. 곧 결론이 났다. 누군가의 목소리를 격하게 밟으려는 시도 뒤에는 보통 들키면 안 될 치부가 있었다. 원장은 스스로 증거를 남겼다. 메일에 명시한 숫자가 증거였다.

원장은 은연중에 자신이 이만한 수를 부릴 수 있는 권력이 있음을 과시했다. 천 명으로 스무 명을 제압했다는 걸 인정했다. 동시에 그 정도로 숨겨야 하는 무언가가 있음도 들켰다. 처음엔 제 입맛에 맞지 않을 때 어떤 꼴을 당하는지 과시하려던 의도였을 것이다. 원장의 무의식은 '천 명'이라는 숫자를 분명히 기록했다. 비겁한 숫자였고, 누가 봐도 비합리적이라는 걸 원장만 몰랐다. 원장의 무의식이 폭로한 덕분이었다.

선우원을 아는 모든 사람은 시끄러워지기로 결심했다. 원장이 날치기로 규정을 통과시키려던 일, 보육원을 마음대로 매각하려던 정황이 낱낱이 까발려졌다. 더 많은 사람이 공분했다. 누군가가 선우원으로 찾아가자고 말했다.

각자 지원팀을 모집해 약속한 날 동시에 도착했다.

"너희 얼굴이 아른거렸어."

반가운 얼굴들에 아이들은 이리저리 뛰었다. 서로 그 동안 어떻게 지냈는지 묻고 자신을 기억하는지 확인했다. 찬거리와 생활용품을 싸 온 이들과 얼싸안았다. 사람들은 잡혀간 이모들처럼 복도에 자리를 잡았다. 구속된 이모들이 돌아올 때까지 여길 지키겠다고 말했다. 선우원에 참기름 냄새가 다시 풍겼다.

약속을 믿는 척할수록 비참하던 생에도 신성한 순간은 있었다. 오늘처럼.

이모들은 팔을 걷어붙이고 제일 먼저 청소를 시작했다. 입구부터 5층 계단까지 싹 쓸고 닦았다. 얼굴 없는 여자들도 개의치 않았다. 세제와 곰팡이 제거제 냄새가 풍겼다. 고무장갑을 끼고 한바탕 걸레질을 한 이모들은 층마다 돗자리를 폈다. 보육원은 사람들로 꽉 찼다. 그들이 공간 곳곳을 채웠다. 우리는 북적거리는 사방을 둘러보며 묘한 기분에 휩싸였다. 이토록 많은 인연이 있었다니. 여긴 마치 거대한 고향 같았다.

서로가 서로에게 연락한 이모들이 어디선가 와서 자꾸 늘었다. 마당엔 얼굴 없는 여자들이 아직 서성였다. 그러나 다양한 얼굴들이 늘자 빈 여자들은 묘하게 어우러졌다. 모인 이들은 손난로와 담요, 뜨거운 차와 간식까지 싸 들고 왔다.

진풍경이 펼쳐졌다. 뛰어다니며 함성을 지르는 아이들, 그들을 간지럽히거나 둘러앉아 회의하는 사람들, 멀거니 선 얼굴 없는 여자들과 그 속을 배회하는 두 대의 로봇 이모. 얼굴 없는 여자들의 안면은 타인들의 표정을 비추었다. 그러자 몇 배로 많은 사람이 공간을 지키는 것처럼 느껴졌다. 나는 그제야 빈 얼굴의 여자들이 얼마나 고독해 보였는지 깨달았다. 사람들과 뒤섞인 그들은 이제 스산하기보다 공기처럼 익숙했다.

이팝나무는 앙상한 가지를 드러냈다. 계절은 초겨울로 진입했다. 아이들은 목도리와 외투를 챙겨 입곤 다시 만난 이모들 곁에서 떨어지려 하지 않았다. 우리의 생활 터전은 보육원 전체였다. 복도 구석구석에 앉아 숙제를 하고, 음악을 듣고, 밥을 먹고, 놀이하는 일상이 이어졌다. 열 살 이하의 애들은 방에 올라가서 자고 나이 많은 애들은 원하면 침낭을 깔아 밤늦게까지 뒹굴었다. 우리는 이모들의 손을 자주 주물렀다. 그것만으로도 많은 걸 다시 시작할 수 있었다.

그 시간들이 마냥 아름다운 건 아니었다. 공기는 점점 차디찼고 미래는 막막했으며 바깥은 아직 불손한 말을 뱉었다. 이모들이 밥그릇을 뺏기지 않으려 정당한 절차를 방해한다는 말도 돌았다. 하지만 우리가 지킨 진실의 기억은 이런 장면들로 차 있다.

차가운 벽에 등을 대고, 랜턴을 켜고, 아이들을 불러와 바닥에서 책을 읽고, 식당에서 나른 밥을 뜨고, 색칠놀이와 숨바꼭질을 하며 새벽을 보내고, 마당에 쌓이는 낙엽을 응시하며 눕고, 두꺼운 외투를 벤 채 잠에 들고, 아주 천천히 동료의 손을 더듬고, 웅크려 기도하고, '시위가 끝나게 해주세요'라는 바람을 몇 번이든 읊조리고, 새로 들어온 얼굴을 환히 바라보고, 당신도 왔구나 뭉클한 마음에 어깨를 내어주고, 졸려오는 눈꺼풀을 치뜨고. 우리들의 싸움은 영웅적이라기엔 소박하고 살가웠다. 하지만 이 광경은 목숨이 이어지는 메커니즘과 비슷했다. 우린 자신의 살갗을 조금씩 떼어다가 불을 지피는 바보들 같았다.

누군가가 라디오를 틀면 나직한 목소리가 복도에 울렸다. 사연을 읽는 목소리를 들으면 세상 어딘가에 우리의 이야기도 들릴까 싶었다. 우리는 조용히 다른 이의 삶에 귀 기울이다 문득 떠오른 저마다의 사연도 어딘가에 기록했다. 우리의 복도에선 이런 일이 계속 이어졌다. 서로가 서로의 작은 벗이 되어 연명하는 일이었다. 누군가들과 한 공간에서 특별한 일을 애써 하지 않고도 가만히 기댄 건 참 오랜만이었다. 감기 기운이 들면 위층 방 아랫목에 몸을 누이고 다른 사람이 교대했다. 바람이 스치면 몸을 잠시 움츠렸다가 맞은편 사람과 눈으로 안부를 나눈 후 각자 상념에 빠졌다.

　시간이 흐를수록 우리는 말이 적어졌다. 대신 더 많은 걸 몸짓과 눈빛으로 표현했다. 우리는 함께했고, 더 이상 갈급하지 않았다. 모든 건 사랑의 몸짓이었다. 시련은 첫눈 내린 낙엽들과 엉겨 가냘픈 다정이 덧발라진 광경으로 변했다. 이 만남들도 언젠가는 사라지겠지만, 그 날 스쳤던 살결과 붙잡았던 손들의 감촉, 포옹, 귓가에 속삭이던 수많은 안부는 날 평생 살도록 만드는 한 페이지였다.

✳

　겨울 중순까지 다양한 사람들이 다녀갔다.

　신문사와 방송국에서 기자들이 왔다. 기자들이 우릴 취재한 후 사람들은 더욱 몰려들었다. 우리는 유명해졌다. 먼 곳에서 소식을 듣고 오는 사람들이 있는가 하면 단지 유명해졌기 때문에 들러붙어 이익을 보려는 사람들도 있었다. 우릴 돕고 싶다며 찾아왔지만 목적을 밝히지 않거나, 이모들을 이간질했다. 누군가가 회유당했다거나, 바깥 여론이 좋지 않다거나, 원장이 어떤 방침을 내렸다거나 하는 거짓 소문을 퍼뜨렸다. 이모들은 회의에서 그들을 프락치라고 불렀다. 알고 보니 그들은 보육원에서 노동조합을 만들어 한자리를 차지하려던 사람들이었는데, 이모들이 다른 사람을 투표하자 원장 편에 붙었다. 내부인처럼 오가며 균열을 내는 게 그들의 목적이었다. 이모들은 그들을 쫓아냈다.

우릴 연구하고 싶다며 설문지를 내미는 교수도 있었다. 마치 실험동물을 얻을 기회라도 만난 것처럼, 자신이 교수이므로 우리의 자료를 얻을 권한이 있는 것처럼 요구했다. 우리는 그것들을 모두 거절했다. 그 사람의 '대상자'이고 싶지 않았다.

이미 바깥은 우릴 충분히 왜곡했다. 만약 그 교수가 조금이라도 우리와 공감한 후 도움을 요청했다면 우리의 마음도 열렸을지 모른다. 그러나 이미 우리는 깊이 상처 입었다. 교수에게선 기회주의적인 욕심 외에 무엇도 느낄 수 없었다. 우리가 우릴 오독하여 이용할 가능성을 얼마나 두려워하는지에 대한 배려는 없었다.

만약 우리가 언론에 보도되지 않았다면 과연 그 교수는 우릴 대상자로 삼을 생각이나 했을까? 우리는 고매하신 교수님이 우릴 관찰한다는 것에 감사해야 하나? 잘 모르겠기 때문에 우리는 모든 제안을 거절했다.

아이들을 위한 심리치료 프로그램도 주기적으로 열렸다. 그곳에 매주 오시는 선생님은 따뜻한 분이었다. 그런데 그룹 치료를 꺼리는 아이들에게 그 프로그램 담당자와 같은 곳에서 훈련한 상담사라며 접근하여 개별 상담을 권하는 이가 있었다. 그 사람은 비밀을 지켜주겠다는 빌미로 사적인 장소에서 만나길 원했다. 알고 보니 그자는 치료 관계자도 아니었을 뿐 아니라 사이비 종교인이었다. 상담사도 전혀 그 사람에 대해 아는 바가 없었다. 우리는 SNS에 경고문을 올렸다. 그자는 꼬리를 말고 사라졌다.

어떤 말도 함부로 꺼내서는 안 되었다. 겨울 한파에 지치는 사람들은 많았다. 작은 꼬투리라도 잡아 구설수에 올리려는 적들도 많았다. 이모들이 더 좋은 복지 시설을 세우지 않고 자기 밥그릇을 챙기려 시위한다고 매도하는 이들은 꾸준했다. 그 사람들의 논리는 단일했다. 원장이 뿌린 정보를 근거로 당사자들의 말은 외면했다. 원장이 사주한 사람들이 도화선을 놓으면 쉽게 기름을 부었다. 애초에 문제점은 이모들과 상의 없이 자신의 입맛만 챙겨 행정을 졸속 처리해오던 원장이었는데도. 사업을 빌미로 부적절한 돈을 축적한 원장이었는데도. 무엇이 진정 사람을 위한 일인지 까먹은 쪽은 원장인데도. 말은 현장과 거리가 멀수록 단순하고 쉬워졌다. 사람들은 그걸 쉽게 취했다.

그 가운데에서 이모들은 자신과 우릴 보호하려 폐쇄적으로 변해갔다. 우리와 직접적으로 관계가 없는 사람들은 전부 내보냈다. 도와주겠다는 손길을 거절하기 시작했다. 외부 지원도 마찬가지였다. 우리는 우리의 힘만으로 버텨야 했다. 우리는 순수해야 했다. 결벽과 강박이 생겼다. 아이들의 침묵도 깊어졌다.

허약한 말 한마디가 지금까지 다 함께 버틴 많은 것들을 무너뜨릴 수 있었다. 동생들도, 친구와도 이야기를 털어놓는 게 무서웠다. 언제 어디에서 우리의 말이 비틀려 퍼질지 알 수 없었다. 그랬다가 구속된 이모들이 영영 돌아오지 못할지도 몰랐다.

우리끼리 점점 안으로 뭉치는 데에 불만을 품는 이들도 생겼다. 하지만 지금까지는 관심도 없던 사람들이, 왜 이제 와서 우리에게 완벽을 요구하는지 의문이었다. 시위를 지속하는 일보다, 겨울을 버티는 일보다, 사람의 마음 속에 얼마나 많은 치졸함과 뒤틀림이 자리하는지 목도하는 게 더 힘들었다.

유일한 희망은 복도에서 참여자 모두가 소식을 공유하는 때였다. 어른, 아이 할 것 없이 스스로 옳은 것과 아닌 걸 구분할 기회가 주어졌다. 그동안 세상은 이걸 쥐고 포식하려 했는데, 이제 그 몫이 우리에게 돌아왔다. 우리는 정보의 권한을 되찾았다. 우리는 때로 일상이 어떻게 깨어졌는지 토로했고, 무엇을 소망하는지 나누었다. 그곳에서 저마다의 얼굴로 빛났다. 눈을 똑바로 하고, 귀를 열었다.

어느새 나무들은 맨몸으로 변모했다. 그 위에 하얗게 부서진 자국처럼 눈이 내렸다. 줄기 표피에 새겨진 투박한 흠집들은 흰 뼈를 드러내는 몸짓 같았다. 겨울이 깊었다. 우리는 사랑하는 사람들과 사랑한다고 거짓을 말하는 사람들, 미약한 사랑과 끈질긴 사랑, 위장된 것과 투명한 걸 구분해야 했다. 감각은 조밀하고 예민해졌다.

바람이 살벌해질수록 남은 이들의 수가 줄었다. 처음 기사가 날 땐 불꽃처럼 관심을 갖던 사람들도 혹독한 겨울엔 시들했다. 우리도 지쳐갔다. 이사회와 원장은 여전히 응답하지 않았다. 우리의 의지가 꺾일 순간만 호시탐탐 노렸다. 매주 방문하던 사람들도 생업과 현실에 치이며 발걸음이 뜸했다. 이모들은 해쓱했다. 빈자리만큼 다시 얼굴 없는 여자들이 도드라졌다. 우리는 다시 이별을 맞이할지 모른다는 생각을 했다.

"화병 날 것 같아. 왜지? 세상 사람들은 우릴 빼놓고 잘 먹고 잘 사는 것 같아."

"난 오히려 처음에만 왔다가 이젠 안 오는 사람들이 미워. 언론에 관심을 끌고 유명할 땐 덕을 보고 싶어 왔다가 그게 사라지니 쏙 빠지는 거지. 기회주의적인 태도가 더 열받게 해."

"우리가 이럴 때 다른 애들은 편하게 학원 다니고, 놀고,

공부하고. 우리보다 앞서가겠지? 이모들은 이렇게 고생하는데, 다른 사람들은 그렇지 않다는 게 이해가 안 가. 우리가 하는 고생이 그럼 다 무슨 의미지? 당장 생계 걱정 없는 이들도 하지 않는 걸 왜 우리가 상대하지? 정말 이러고 있어도 되나?"

율과 나도 자주 울화를 털어놓았다. 율은 얘기하다 말고 복도에서 울음을 터뜨렸다. 냉소로도, 분노로도 울음을 이길 수가 없었다. 그때마다 이모들이 다가와 그 애를 위로했다. 어쨌든 이건 우리의 선택이고, 이곳은 우리 집이니 할 수 있는 걸 행하는 수밖에 없었다.

이모들도 고통스러운 표정을 지었다. 이미 이모들도 많은 시간을 우리와 버텼다. 우리도 알았다. 힘들어도 우리가 뛰쳐나갈 수 없는 건 끌려가던 이모들의 얼굴과 동생들의 울음소리, 집을 지키려는 모든 사람의 표정이 눈앞에 아른거리기 때문이었다. 다시는 똑같은 아픔을 반복하고 싶지 않았다. 그뿐이었다. 권력도, 재물도, 명성도 중요하지 않았다. 사랑하는 사람들의 눈물이 혈관을 도는 한, 그 잔상을 기억하는 한, 존재하는 것에서 눈 돌리는 삶도 지옥이기 때문이었다.

"괜찮아. 미울 수 있어. 화날 수 있어. 하지만 울화의 방향을 잘 봐야 해. 가까운 사람이나, 우리를 도우려 했던 사람에게 향하면 안 돼. 나름의 방식을 인정해야 해. 분

노는 더 큰 곳으로 가야 해. 억압의 뿌리를 끝까지 질문하고, 그 자리에 더 크게 화내야 해."

이모들은 우리에게 이렇게 말했다. 땟국물 묻은 이모들의 옷깃을 보자 마음이 갑갑했다. 머리로는 알지만 가슴으론 잘 받아들여지지 않았다. 너무 고된 길이었다. 무엇인가 더 필요했다.

이렇게 힘든데 이모들은 어떻게 더 큰 세상을 바라보라는 걸까. 내가 질문하자 이모들은 그렇게 하지 않는다면 언젠가 원장과 똑같이 제 욕심에만 함몰될 수 있기 때문이라 답했다. 어쨌든 모든 게 우리의 일인 건 맞았다.

난 심호흡을 했다. 쓰다 만 대본이 기억났다. 복도 구석에 앉아 기록을 하기로 결심했다. 그게 유일하게 왜곡되지 않을 방법이었다. 내 마음도, 날 둘러싼 세상도. 나의 세계에 대해서는 내가 말하고 써야 했다. 그것만이 쉽게 구경거리가 되는 가냘픈 운명 속에서 날 지킬 수단이었다. 틈틈이 손을 움직여 연말 공연 대본과 일기를 다시 작성했다.

이 글의 작가는 나 자신이었다. 누구도 대신 써주지 않을 작품이었다. 누구도 대신 실행하지 않을 투쟁이었다.

＊

　　새로 쓴 극본은 한 장씩 완성되었다. 바다 밑바닥에
살던 인어 외계인들은 신의 제물이었고 우주 행성으로
올라가 다시 그들이 살던 별을 응시한다. 동화 속 인어공
주는 물거품이 되지 않기 위해 언니들에게 받은 단검으
로 누군가를 찌르라는 제안을 받는다. 우리의 인어는 어
떠해야 할까.

　　난 병실에 있는 언니를 떠올렸다. 언니의 일기장은 아
직 내게 있다. 인어는 언니도 닮았을 것 같았다. 우리의
인어는 어떨까. 비명을 지를까, 눈물을 흘릴까, 집으로
돌아갈까, 살인을 할까. 난 극본 초안을 율에게 보여주
었다.

　　"애초에 인어들이 마냥 예쁜 존재라는 건 착각이야.
어떤 전설에서는 인어가 사람을 잡아먹는 괴물이잖아.
괴팍하게 울부짖으며 먹이를 삼키려 들 거야. 살고 싶
어서."

　　처음 준비한 엔딩은 인어가 누군가를 찌르는 걸 성공
하는 장면이었다. 물론 누구를 찌를지는 결정하지 못했
다. 사랑한 이를 찌를지, 원한을 가진 이를 찌를지, 스스
로를 찌를지. 나는 안데르센의 원작 동화가 왜 물거품의
방식으로 끝났는지도 찾아보았다. 〈인어공주〉는 작가 자

신이 사랑했던 사람에게 마음을 전하려다 실패한 후 평생 독신으로 산 경험이 담긴 이야기였다.

이야기는 종종 작가의 현실을 반영하기 마련이다. 우리의 현실은 아직 결말에 다다르지 못했다. 그래서 난 이야기의 끝을 정할 수가 없었다.

율은 아이디어를 보더니 네 머릿속엔 왜 그런 결말밖에 없느냐며 핀잔을 주었다. 어쨌든 대본이 완성되면 율이 주인공일 테니 이 애의 의견도 중요했다. 율은 결말세 개를 다 싫다고 했다. 난 흔쾌히 인정했다. 인어가 일방적으로 연인이나 고향을 그리워하는 건 별로였다. 차라리 인어공주에게 새 가족을 줄까. 그건 어떤 형태여야 할까. 결말들을 폐기한 후 다시 고민에 빠졌다.

나는 종종 율을 관찰했다. 우리 중엔 율이 가장 인어와 가까우니 인물들의 경험을 잘 알 것이었다. 율이 겨울을 어떻게 맞이하는지 살폈다. 율은 평소처럼 공부를 했고, 조용했다. 동생들에겐 의젓했지만 가끔 자기도 모르게 짜증을 부렸다. 이모들이 없는 곳에서 주로 울었고, 밥을 잘 먹지 않았다.

율은 복도에 모로 누워 멍하니 있다가 회의 때면 꼭 참여했다. 율의 휠체어는 언제나 복도 한쪽을 가로막았지만 누구도 불평하지 않았다. 오히려 휠체어의 존재감이 여백을 채우는 걸 다행으로 여겼다. 율은 종종 내게 휴대폰을 빌려 유튜브를 검색했다. 그 애는 자신과 비슷하게 신체가 불편한 이들이 국회와 기업 앞에서 쇠사슬로 휠체어를 묶은 채 법 제정을 촉구하는 영상을 시청했다. 나도 율이랑 같이 그걸 보았다. 그 사람들은 때론 단호하게, 때론 감정이 복받쳐 소리를 질렀다. 단 한 순간만이라도 다른 사람들이 놀라 그들을 돌아볼 수 있도록.

그 후 율은 휠체어를 밀어 마당으로 나갔다. 도와줄 이모 없이 멀리 이동하는 건 어려웠다. 율은 정문을 나서진 않았다. 단지 보육원 주위를 배회하며 바깥을 살폈다. 귀와 코가 시뻘겋게 변해도 앞을 지켰다. 누군가 들어오면 반갑게 맞이하고 다시 자리를 지켰다. 망부석처럼 온종일 누가 오고 떠나가는지 지켜보았다.

가을만 해도 사람들이 끊임없이 드나들었는데, 지금은 방문자가 반으로 줄었다. 율도 분명 그걸 알았지만 미련이 남은 것처럼 계속 밖을 쳐다보았다. 난 율에게 다가가 담요를 건넸다. 율은 고맙다는 인사를 했지만 복도로 돌아오진 않았다. 그저 이팝나무에 기대어 바깥을 응시하다 깊은 한숨을 쉬었다. 찬바람을 맞으며 휠체어에 우두커니 앉은 등을 보자니 입안이 썼다. 나는 다시 손난로를 챙겨 율을 불렀다.

"어차피 올 사람은 오고, 갈 사람은 가. 네가 이럴 필요 없어."

"출입을 감시하려는 건 아니야. 기다리는 거야. 우리 소식이 널리 알려졌잖아. 여길 아는 사람이면 누구나 한번은 찾아오고 싶겠지? 정말, 오래전 헤어진 사람이라도. 한 번쯤은 여길 떠올리지 않을까? 혹시 어떤 사정이 있더라도 마음만은. 그러다 어느 날 한번 가보기나 할까, 그런 생각을 할지도 모르잖아."

"누굴 얘기하는 거야?"

율은 입을 다물었다. 그 옆엔 율이 어린 날 심었던 이팝나무가 있었다. 삐뚤거리는 글씨체로 율의 이름이 적혔다. 율은 흠집을 매만지기만 할 뿐 더 이상 대답하지 않았다. 하지만 난 율이 누굴 기다리는지 알아챘다. 마음이 급격히 무거웠다. 율은 이모들만 기다리는 게 아니었다. 잊었던 어린 날의 부질없는 소망이 하필 이런 때 고개를 들었다.

그 애는 정말 오래도록 나무 앞을 떠나지 않았다. 물거품이나 돌이 될 때까지 상대를 기다렸던 초라한 인어처럼. 언니도, 율도 정말 인어를 닮았다. 율은 우리 소식이 자기 엄마에게 전달되길 바랐다. 만에 하나 엄마가 뉴스를 접했다 해도 이곳을 찾아올 확률은 희박한데도. 내 눈에 그 바람은 율의 세상에 고독을 더할 뿐이었다. 하지만 이제 정신 차리도록 머리에 흙을 끼얹을 수는 없었다. 율이 내 곁을 떠나지 않길 기도할 뿐이었다. 아무리 너머가 그립더라도. 난 감기 걸리기 전에 들어오라는 말만 건넸다. 율은 손난로를 받았지만 휠체어를 돌리진 않았다.

예전에 율은 더 이상 약속을 믿지 않는다고 했었다. 그러나 옛 이모들이 약속을 지키자 율에게도 다른 소망이 피어났다. 어쩌면 되살아나선 안 될 희망이었다. 그건 율에게 일종의 고행을 시작하도록 만들었다. 다시 만난 세계의 사람들은 아름다웠지만 찰나였다. 우리는 계속 이별을 경험해야 했다. 좌절도 마찬가지였다. 그걸 아는데도 율은 더 큰 소망을 품었다. 이모들과의 재회는 율에게 어린 시절의 순진한 바람을 소생시켰다.

그건 율이 제 나름대로 겨울을 나는 방식이었다. 사람들의 발걸음이 뜸한 만큼 얼굴 없는 여자들은 선명했다. 우리는 앙상한 나무들에 기대어 겨울 한복판을 맞이했다.

✳

그 소리를 들은 건 새벽 2시였다.

소수만 남은 이모들은 제각각 거리를 두고 떨어져 침낭 속에서 잠들었다. 예전엔 조금만 움직여도 옆 사람과 어깨가 닿았는데 지금은 다리를 쭉 펴도 자리가 남았다. 휑한 공간이 싫어 나와 율도 계속 1층에서 잤다. 몸을 최대한 쭉 펴서 공간이 채워지도록 했다. 이불과 담요로 몸을 꽁꽁 싸매고 양곡창고 앞에서 버텼다.

그나마 이 구석이 제일 바람이 적게 드는 곳이었다. 율은 목 베개를 하고 휠체어에 앉은 채 잠들었다. 나는 벽에 느슨하게 기댔다. 한 번씩 바람이 창을 흔드는 소리가 거셌다. 바닥에 깐 신문지들이 버석거렸다. 눈이 가물거렸다. 비몽사몽 하던 중 찬 바람이 목덜미를 훅 쓸고 지났다. 나는 소스라치게 놀라 깨어났다. 다들 곤히 잠들어 있었다. 복도는 작은 소리 하나 없이 조용했다. 양곡창고 안을 살폈다. 여자의 몸통이 보였다. 이젠 이 장면도 익숙했다. 여자는 변함없었다. 난 다시 침낭을 목까지 끌어올렸다.

그런데 옆자리가 비어 있었다. 율이 사라졌다. 휠체어도 온데간데없었다. 침낭도, 담요도, 신발도 없었다. 나는 눈을 굴려 주변을 둘러보았다. 율이 어딜 갔는지 흔적도 없었다. 화장실이라도 갔나 싶어 그 애를 기다렸다. 한참 휴대폰으로 게임을 했는데도 율은 돌아오지 않았다. 그제야 이상한 예감이 들었다.

나는 일어나서 방으로 올라갔다. 혹시 추위에 2층으로 갔을지 모르니까. 하지만 그곳엔 코를 고는 동생들뿐이었다. 율은 없었다. 갑자기 초조했다. 다시 아래로 내려가 복도를 뒤졌다. 율에게 별일이 없는지 확인해야 했다. 율은 어디에도 보이지 않았다. 나는 손톱을 깨물었다. 율이,

어디론가 떠났다. 옆구리가 욱신거렸다. 난 이모들을 깨우려고 했다. 그때 반쯤 열린 문이 보였다. 혹시 율이 바깥으로 나간 걸까? 나는 달려가 유리문을 밀었다. 율이 어디 있는지 확인하려 손잡이를 밀던 순간이었다.

어디선가 길고 소름 끼치는 울음소리가 들렸다.

머리카락이 곤두섰다. 기분 나쁜 소음은 죄다 뒤섞인 음성이었다. 난폭한 고양이가 우는, 쇠못으로 철판을 긁는, 넋을 놓은 사람이 주저앉아 통곡하는, 장송곡을 부르는, 빚쟁이들이 욕을 하는, 날개가 뜯긴 새가 우짖는, 태풍에 유리창이 난자당하는 소리와 비슷했다. 그 소리는 동시다발적으로 울렸다.

턱이 달달 떨렸다. 난 귀를 틀어막으며 주위를 둘러보았다. 이모들은 쥐 죽은 듯 조용했다. 이모들은 무엇도 듣지 못한 듯 깊게 잠들어 있었다. 창백한 시체들 같았다. 소음은 점점 고막을 터뜨릴 듯 커졌다. 귀가 아팠다. 다른 이들은 낙엽처럼 초췌한 색으로 쓰러져 일어날 생각을 하지 않았다. 이상했다. 그걸 듣는 건 오직 나뿐이었다.

소리의 파동은 건물 바깥의 한 점에서 증폭되었다. 난 입을 벌렸다. 복도에서 얼굴 없는 여자들이 사라졌다. 로봇 이모도 없었다. 그들이 썰물처럼 빠져나간 공간은 더 없이 삭막했다. 바깥에서 들리는 소란만 미칠 듯이 선명

했다. 난 소리의 발원지가 정문 옆 이팝나무라는 걸 알아
챘다. 율이 언제나 엄마를 기다렸던 장소였다. 난 귀를
막은 채 그쪽으로 달렸다.

다리가 자꾸 꺾였다. 무릎을 부여잡으며 가까스로 그
앞에 도착했다. 앙상한 이팝나무 그림자가 부연 새벽 땅
바닥에 드리웠다. 그 아래 검은 휠체어가 덩그러니 있었
다. 율은 보이지 않았다. 그 애가 지나온 바퀴 자국만 눈
위에 새겨졌다. 로봇 이모들이 돌아다니다 찌그러진 바
퀴살에 툭, 툭 부딪혔다. 로봇들은 방향감각을 상실한 듯
제자리만 빙빙 돌았다. 레일이 가끔 얼음에 미끄러졌다.
그리고 얼굴 없는 여자들이 목을 꺾어 위를 쳐다보았다.
그들은 이팝나무를 에워싸고 고함을 질렀다. 그래, 그건
여자들이 지르는 비명이었다.

내가 들은 소리는 바로 그들에게서 나오는 외침이었
다. 목구멍도 없는 여자들이 하늘을 보고 아우성쳤다. 머
리가 아플 정도로 큰 울림이었다. 정신이 아득했다. 온몸
이 갈기갈기 찢길 듯한 비명 속에서 투두둑, 하고 무언
가 부러지는 소리가 났다. 난 여자들을 따라 고개를 쳐들
었다.

담 밖으로 뻗은 나뭇가지에 율이 매달려 있었다. 그
애가 기어오른 자국이 역력한 이팝나무 표면은 매우 거
칠었다. 율이 매달린 곳은 내 팔이 닿지 않을 만큼 높았다.

필사적으로 굵은 가지를 끌어안은 율이 정문 밖을 바라보고 있었다. 바람이 크게 불자 나무가 휘청거렸다. 난 사색이 되어 소리를 질렀다. 율이 어떻게 저기까지 올랐는지 모를 일이었다.

율은 나무와 같이 흔들렸다. 그 애의 몸은 보육원과 외부를 경계 짓는 선 위에 아슬아슬하게 걸쳐 있었다. 여자들의 소리가 고조되었다. 처절한 비명들이 우릴 에워쌌다. 율의 몸이 기우는 각도도 커졌다. 그 애가 필사적으로 가지를 부여잡았다. 하지만 바람은 점점 강해졌다. 난 그 애의 이름을 불렀다. 하지만 율은 듣지 못했다. 강풍에 율의 몸이 휙 흔들렸다. 율은 그대로 뚝 추락했다.

암울한 곡소리에 휩싸여 부러진 나뭇가지 파편들이 사방으로 튀었다. 여자들은 율이 떨어진 자리를 둘러싸고 소리를 쏟았다. 그들의 통곡에 휩싸여 나는 그대로 까무러쳤다.

8장
— 순백의 마음을 듣는 겨울

그 사람. 그 사람을 보았어.

마침내.

그 사람이 찾아왔어. 다들 잠든 새벽 밤이슬이 어깨를 적시기에 어쩌면 오늘이지 않을까, 잔인한 확신이 들었어. 담요 한 장으로 이길 수 없는 추위가 바깥에 가득한데. 얼어 부르튼 다리가 비늘처럼 따가운데. 겨울이 혹독한 만큼 그 사람이 올 거라는 생각이 드는 거야. 내가 유일하게 탓할 수 있는 사람 말이야. 이모들이 다시 온 것처럼, 한 번쯤 날 보러 올 수 있잖아. 지금 그 계절이 되었잖아. 당신이 나를 여기 두고 갔던 계절 말이야. 한 번은 와서 내 투정을 받아주어야 하잖아. 그게 부모의 의

무잖아. 다른 애들은 다 그렇게 사는걸.

엄마를 마중 나갔어. 정문은 단단한 자물쇠로 잠겼지만 그 앞에 코를 박았어. 금속성의 냉기가 풍겼어. 쓰디쓴 향이 느껴졌어. 마치 코피가 흐르는 것 같았지. 1시간, 2시간, 3시간이 지나도록 앞을 지켰어. 얼굴 없는 여자들만 나와 함께 그 사람을 기다렸어. 흰 달도 멀리 사라지고 손끝이 얼어붙었어. 동상에 걸릴 것처럼 신경이 지끈거렸어. 베이비박스에 처음 들어간 날도 이렇게 당신을 기다렸었지. 그날도 눈인지 꽃인지 모를 것들이 내렸고. 팔다리가 떨어질 듯 아팠어.

더 이상 꼼짝할 수 없어 돌아가야 하나 생각이 들었어. 모든 건 결국 내 허상이었고, 영원한 착각이었다는 걸 받아들여야 하겠지. 당신은 돌아오지 않겠지. 당신이 삶의 궤적에서 날 지운 만큼 난 당신을 덧그렸지만, 그걸 탓할 기회조차 없었어. 이미 일곱 살 때 다 배웠다고 생각했는데. 바보같이 난 왜 여기 있을까. 스스로가 우스웠어. 엄마, 아직 날 기억해? 난 그 증명이 필요해.

거대한 여자의 창고 속 말이야. 어떻게 들어갈 결심을 했는지 알아? 내가 목격한 여자와 다른 사람들이 아는 여자는 달랐어. 내가 본 여자들은 다리가 없었어. 그들은 인어였어. 대신 그들에겐 얼굴이 있었어. 엄마의 얼굴. 그것들은 고통으로 찡그려진 엄마의 얼굴과 비늘로 뒤덮인

하반신을 가졌어.

내게는 모든 게 똑똑히 보였어. 잊을 수 없었거든. 내가 인어니까 우리 엄마도 인어여야 했어. 사랑하는 이와 살인자의 얼굴이 모두 존재하는 엄마는 나처럼 인어여야 했어. 그래야 날 구하러 여기까지 올 수 없는 게 말이 되잖아. 잘못 사랑하여 인간이 되었고, 거추장스러운 두 다리를 달고 살았지만 사랑받지 못했고, 결국 물거품이 되지 않으려 일그러진 얼굴로 먼 바다를 향해 돌아갔을 거라고… 이야기를 지어냈어. 스스로 만든 그 이야기를 사랑했어. 그러지 않았다면 내가 죽거나 누군가를 죽이고 싶었을 거야. 존재 이유를 잃은 사람들은 곧잘 그런 선택을 하잖아. 그러니 당신이 나에게만은 얼굴이 있는 인어로 나타났겠지.

창고 속에서 인어 엄마에게 물었어. 당신은 대체 누구의 피조물이야? 무엇을 위해 여기 있어? 존재 이유를 묻자,

그 여자는… 대답 대신 비명을 질렀어.

나, 물가에서 그 비명을 들은 적 있어.

바깥으로 끌려 나온 인어 괴물이 내지르는 끔찍한 절규처럼 등골이 오싹하고 눈앞이 캄캄해지는 외마디 소리였어. 허겁지겁 창고 바닥의 휴대폰을 주웠어. 몸을 숙인 순간 그 여자가 튀어나와 발목을 잡더라. 다시는 되새기고 싶지 않은 끔찍한 촉감이었어. 난 마구 발버둥 쳤어.

그 바람에 휠체어가 쓰러졌어. 문틀에 약지를 찧었고, 눈물이 찔끔 났어.

그때 휠체어 바퀴 옆에서 무엇인가 와장창 깨지는 소리가 났어. 천장에서 전구가 떨어진 거야. 필라멘트가 닳아 오래된 전구가 산산이 조각나 있었어. 파편들이 그대로 내리꽂혔다면 실명하거나 경동맥을 다쳤겠지. 여자는 비명을 지르다 뒤돌아 정말로 느리게 기어 원래 자리로 돌아갔어. 난 그 모습을 끝까지 바라보았지. 어쩌면 그건 당신이 온몸으로 전하려던 예언이었는지도 몰라. 날 구하고 싶었나? 왜?

귀가 얼얼했어. 자물쇠엔 허옇게 얼음이 끼고, 바깥과 선우원을 가른 쇠창살들은 달빛을 희부옇게 반사했지. 인적 없는 거리엔 눈더미 위로 가로등불만 깜박여 쓸쓸함을 더했어.

오늘은 엄마가 오지 않을 거야. 이렇게 체념했을 때, 얼어붙은 창살 너머 희미한 그림자 하나가 지났어. 익숙한 그림자였어.

당신이었지.

많이 늙은 모습이었어. 머리가 세고 주름도 늘었어. 굽은 손에 검버섯이 가득했어. 어깨도 휜 데다 거북목이었지. 엄마는 삭은 나무껍질처럼 탁했어. 쪼글쪼글하고 왜소했어. 그동안 어떤 삶을 살았는지 묻지 않아도 알 만했어.

여전히 고초를 짊어진 사람답게 어둑한 눈빛이었어. 그 표정만은 똑같았어. 물가에서 날 떠밀던 표정, 박스에 들어앉은 날 두고 가며 몇 번이나 돌아보던 표정. 그 얼굴만은 한결같았어.

나는 당신의 얼굴 뒤에 숨겨진 비명을 자주 상상했어. 여전히 비명을 삼킨 얼굴로 당신은 선우원에 도착했어. 창살을 사이에 두고 우리가 있었어. 난 그만 이팝나무 그늘 속에 몸을 숨겼지. 앙상한 나무 그림자는 몸을 다 숨겨주지도 못했지만 난 그 속으로 움츠렸어. 엄마는 기침을 토하며 몇 번이나 문 너머를 살폈어. 그 사람은, 나의 엄마는 얼굴 없는 여자들이 빼곡한 공터와 휠체어 바퀴 자국 사이를 한참 응시했어. 나도 그 사람을 지켜보았어. 엄마는 문에 손도 대지 못했어. 나도 마찬가지였어. 우리는 서로의 흔적만 마주 보았어. 얼굴 없는 여자들 사이로. 흰 그림자 사이로….

얼마나 지났을까. 엄마는 등을 돌렸어. 어깨는 더욱 처지고 무릎은 굽었지. 일곱 살, 우리가 헤어지던 그 날처럼 엄마는 떠나기 시작했어. 예전보다 훨씬 버겁고, 초라하고, 절뚝거리는 걸음걸이로. 부연 밤안개 속으로 발을 질질 끌었어. 엄마의 궤적 위로 눈이 내렸어. 조금만 더 지나면 발자국조차 덧없이 사라질 터였지.

그제야 나는 그림자 밖으로 나왔어. 그리고 이팝나무

밑동에 매달렸어. 무슨 정신이었을까. 엄마를 불렀으면 좋았겠지만 그 순간엔 불가능했어. 난 그걸 알았어. 모든 비명을 빼앗겼기 때문에. 대신 나는 턱과, 팔꿈치와, 가슴과, 내게 있는 모든 뼈를 사용해 나무를 붙들었어. 인어인 부분과 인어가 아닌 부분으로 온 힘을 다해 기어올랐어. 필사적이었어. 손아귀를 파고드는 껍질과 가시도 신경 쓰지 않았어. 전신을 뒤틀며 위로, 위로 올라갔어. 난 당신의 볼품없는 걸음걸이를 끝까지 보길 바랐어. 이 팝나무 꼭대기에 다다르자 당신의 고달픈 걸음걸이는 겨우 작은 점처럼만 보였지.

당신은 날 살리고 싶었을까, 죽이고 싶었을까, 지우고 싶었을까, 키우고 싶었을까? 누가 나 대신 물어봐주었다면 좋았을 텐데. 난 평생 그걸 알 권리가 없었어. 앞으로도 그래야만 했지. 오직 대답은 저 뒷모습에만 있었어. 지옥을 걷는 사람에겐 지옥밖에 보이지 않나봐. 엄마도 인어와 지상을 살아갈 방법은 몰랐을 거야. 자신의 인생도 모르는데 내 인생은 어떻게 알겠어. 앞만 보고 기운 걸음걸이로 가는 당신이 가여웠어. 인어는 물속에서 살아야 하는데, 우리는 이곳으로 끌려왔지. 당신은 그래서 어린 날 나를 물속으로 놓아주었잖아. 가짜 걸음으로 사는 삶은 끔찍했으니까. 딸자식에게도 업보를 물려주고 싶지 않았는지도 몰라.

당신은 반은 맞고 반은 틀렸어. 그냥 지금이라도 엄마에게 얘기해주고 싶은 건, 내 삶이 죄다 물거품이 되진 않았다는 거야. 개똥에 굴러도 이승이 조금 좋은 정도야. 살다 보니 내 친구가 나한테 흙탕물을 끼얹었는데도 불구하고 이상하게 살 만한 순간 같은 게 있더라고. 다 끌려간 폐허에 돌아오는 사람들도 있었다고. 얼굴 없는 여자들이 세상에 만연해도 당신의 얼굴은 선명했다고. 나만은 당신을 기억한다고.

다만 여전히 사람의 두 발로 걸어온 엄마의 얼굴을 본 순간 말문이 막혔어. 우리는 순식간에 무력해졌어. 세상에 대해 모르는 것투성이라. 무슨 말을 해야 할지도, 어떻게 서로를 붙잡아야 할지도, 어떤 식으로 보내주어야 할지도 몰랐을 뿐이야. 당신은 길의 끝에 다다랐고 난 나뭇가지의 끝에 매달렸어. 누군가 비명을 질렀는데 내 건 아니었어.

엄마가 계속 걷기를 선택했던 것처럼, 다시는 돌아보지 않고 걷기로 한 것처럼. 난 당신의 그림자를 붙잡으려 했어. 어린 날 당신의 목을 죄었던 힘으로 떠나가는 그림자를 틀어쥐었어. 엄마는 날 죽이지 못했으니 예전 같은 얼굴로 날 보지도 못하겠지. 아래에서 인어들이 하얗게 퍼덕였어. 어쩌면, 그곳이 내가 있을 곳이라….

선, 엄마의 얼굴이 스친 다음 네 얼굴이 보이길래. 뛰어내렸어.

아픔은 온통 하얗더라. 뼈가 부서질 때의 파열음도 하얗고. 이제 우리는 숨이 다하는 흰 영역에 도달할 때까진 만날 수 없어. 설령 내가 너머로 가더라도 엄마를 만나리란 보장은 없지. 당신은 날 찾아와서도 입을 열지 못했고, 나도 당신을 부르지 않았으니까. 그곳엔 순백의 침묵만 가득했어. 저 여자들이 증인이야. 하지만 당신이 못한 걸 내가 저질렀어. 그러고도 이렇게 살아남았어.

선, 나 이번엔 끝까지 수술 받을래. 수영도 시작할 거야. 헛된 희망 때문은 아니야. 이제서야 제대로 세상을 볼 수 있을 기분인걸. 부질없는 기대는 그만할래. 미련한 그리움도 가지지 않을래. 그냥, 모두 끝내보니 알겠어. 선, 너도 알지? 하얗게 끊긴 후에도 열렬히 사랑하는 일은 가능하다는 걸. 삶은 돌아오고 또 돌아온다는 걸. 다 끝냈더니 알겠어. 아. 운명이란 그런 거야. 별 볼 일 없는 사람들의 하얀 비명을 움켜쥐고 사는 일과 같은 거야. 선, 듣고 있니. 내 말이 들려? 목소리가 들린다면, 그냥 날 좀 안아줄래⋯.

*

율은 전신의 뼈가 부러졌다. 병상에 누운 율은 진통제

에 취해 중얼거렸다. 그 날은 폭설이 내렸다. 도로도, 사람들도 멈춘 날이었다. 나는 퍼런 입술을 깨물며 그 애의 병실을 나왔다. 전신에 붕대를 감은 탓에 율을 함부로 안을 수는 없었다. 바깥엔 밀려난 것들이 터뜨리는 절규만큼 눈발이 날렸다. 쌀알 같은 눈송이가 멍든 입술에 내려앉았다. 나는 찬 눈보라가 뒤덮인 얼굴을 닦지도 못한 채 보육원으로 돌아왔다.

✳

혼자가 되었다. 어쩌면 바깥사람들의 말이 맞는지도 몰랐다. 세상은 고작 우리가 저항한다고 바뀌지 않는다. 우리는 멍청한 시간 낭비를 할 뿐이다. 머리 좋은 사람들은 약삭빠르게 발을 뺐다. 미련한 사람들만 채워지지 않는 공동을 넓혀가는 중이었다.

이날부터 식칼을 품고 다녔다. 엄마를 찌르기 위해서였다. 이별은 나의 몫이었다. 원흉을 없애자. 이곳에 거대한 외로움이 증식하는 이유는 당신 때문이었다. 아, 당신이 태어났기 때문에. 당신이 존재하기 때문에. 이모들도, 율도, 동생들도. 고통받았다. 당신을 죽이지 않으면 이 모든 게 끝나지 않는다. 외부인은 누구도 들어올 수 없도록 문단속을 했다. 밤새도록 창고 앞을 지켰다. 눈이 충혈될 정도로 뚫어져라 흰 공간을 응시했다. 그러자 문은 살아 있는 것처럼 너울거렸다. 품속 칼날의 서늘함이 나를 깨어 있도록 자극했다. 원장은 우리가 제풀에 지치길 기다렸다. 찬바람이 세지고 다들 지쳐 떠나가면 무너질 틈을 노리는 중이었다. 하지만 나의 살의까지 막진 못했다. 창고 속 반물질의 유령을 죽이려 버티는 내 살의까진 알지 못했다. 그 여자를 없애기 전까지 난 이곳을 떠나지 않을 셈이다.

로봇 이모들이 날 감시했다. 그들은 창백한 얼굴로 내 거동을 지켜보았다. 로봇 이모와 휴대폰의 연동을 해제했다. 나는 그것들로부터 분리되어 문 속으로 들어갔다. 휴대폰 속엔 마지막 장만 남은 새 대본이 있었다. 이걸 완성해야 한다. 내 속에서 태어나는 말을 뱉어야 한다. 얼굴 없는 여자가 다른 여자들을 만드는 속도만큼 나도 목소리를 잉태해야 한다. 결말을 정해야 한다. 억압보다 빠르게 세상을 만들어야 한다. 그러니 당신 속으로 뛰어들겠다.

그곳에 가까워질수록 대본의 글자들은 깜박였다. 마치 이곳에 존재하지 않던 말들이 저 너머에선 낭독되길 원하는 것처럼. 거울같이 번뜩이는 여자의 얼굴에 균열을 내고 싶었다. 빈 얼굴을 도려내면 유구한 저주도 끝날 테지. 여자들은 새벽이 넘어가면 태어났다. 그 새벽이 다하기 전 엄마를 찌르는 연습을 했다. 칼날이 정확한 지점을 향했다. 흰 문을 열었다.

창고 바닥엔 부서진 로봇 이모와 깨진 전구 파편이 굴러다녔다. 누구도 그걸 치우지 않았다. 망가진 것들은 여자 아래에서 갈래로 나뉘어 존재했다. 이전엔 본디 하나였지만 지금은 조각난 여럿이었다. 깨진 것들은 그런 방식으로 존재했다. 여전히 분열을 거듭하며 존재했다. 난 그것들과 섞였다. 거대한 여자가 날 바라보았다. 커다랗고 아무것도 없는 얼굴이 내 쪽으로 기울었다. 여자의 얼굴 위로 내 모습이 비쳤다. 그 여자는 나 자신처럼 보였다.

난 엄마 쪽으로 칼을 휘둘렀다. 손잡이를 쥐고, 날을 뒤집고, 팔을 앞으로 뻗어 내리쳤다. 그러려면 엄마와 아주 가까이 다가서야 했다. 달빛이 비스듬히 내리쬐었다. 나는 닥치는 대로 손을 내저었다. 그럴수록 머릿속엔 이야기들이 선명했다. *누가 이기나 끝까지 해보자.* 땀이 비 오듯 쏟아졌다. 붉고 퀭한 눈이 떠올랐다. 그건 내가 무뎌지도록 강요했다. *사라져.* 허상을 거부했다. 계속 날붙이로 당신을 해쳤다.

우울한 사람들은 심층 변연계에 문제가 생겨 눈빛을 잃어버린다. 그 탁한 동공이 창고를 메우고 날 내려다본다. *화가 나.* 그것들을 죄다 파버리고 싶었다. 시선을 파내고 화사한 눈동자를 다시 심고 싶었다. 우리의 봄은 매번 실패했다. 언제나 모든 걸 망친다는 점에서 당신은 참으로 나를 닮았다. 멀리, 더 멀리 밀려나 사람의 신경으론 감지할 수 없는 영역으로 떠났다는 것도. 새벽녘 빈 존재를 마주하고 나서야 제 이야기를 각인할 수 있다는 점도. 난 종이 위에, 당신은 내 몸 위에 분열의 흔적을 새겼다. 우리는 참 비슷했다. *이곳이 우리에게 어울리는 집이지.* 칼질로 당신을 붙박는다. 내 칼이 뼈마디와 살점 사이를 저밀 때마다 당신은 작아졌다. 어깨도, 가슴도, 허리도, 골반도 남지 않았다. 나중엔 눈동자만 보였다. 당신은 잔해로만 존재했다.

갑자기 당신이 운다.

내 앞엔 시뻘겋고 어린 아기가 있다. 작은 주먹을 쥐고 있는 힘을 다해 악을 쓰는 신생아였다. 자지러지는 당신의 온몸은 혈관을 세운 눈동자 같았다. 눈도 뜨지 못한 핏덩이는 우는 일로만 바깥과 공명했다. 당신에게 다가가 찬찬히 얼굴을 살핀다. 찡그려진 콧등, 벌겋게 열린 목구멍, 짓눌린 턱과 가슴살, 작은 손발, 오르내리는 가슴뼈. 자상은 아직 없었다. 하지만 당신은 온 힘을 다해 운다. 고통의 파형을 이미 느꼈다는 듯.

아, 나는 이곳이 우리의 흰 방임을 알아차렸다. 당신은 작은 요람에 담겼고 흰 탯줄이 달렸다. 이곳은 반물질의 세계였다. 물질계에서 홀로였던 것들도 이곳에선 동시에 여럿이었다. 난 아기이자 우리 엄마였고, 엄마는 얼굴 없는 여자이자 어린 나였다. 이곳에선 타인들이 우리를 단 하나여야 한다고 규정지을 수 없었다. 나는 죽고 싶은 아기이자 살고 싶은 아기였다. 당신은 죽고 싶은 엄마이자 살고 싶은 엄마였다. 우리는 밀착한 채 뒤엉켰다. 당신은 그런 식으로 태어나고 싶었을까?

빈 얼굴의 아기가 운다.

그 시절 엄마의 얼굴을 상상할 수 없었다. 그건 즉 나 자신의 얼굴도 떠올릴 수 없다는 뜻이었다. 아기는 엄마를 통해 세계를 인식한다. 내 세상은 고통으로 일그러진 붉은 눈으로만 이루어졌다. 그건 당신의 세상이었다. 아기 울음소리가 길수록 문틈으로 검붉은 멍 자국이 기어나왔다. 스멀스멀 바닥을 타고 번진 멍은 발치에 고여 웅덩이를 이루었다.

고약한 냄새가 풍겼다. 멍은 내 발꿈치, 종아리, 허벅지를 타고 올라 옆구리에 스몄다. 난 옷을 들췄다. 멍이 꿰맨 흉터 주위를 둥글게 감쌌다. 원흉을 찔러, 그런 말이 떠오른다. 당신과 분리되길 원한다. 그래서 당신을 찌르려고 했는데 여기 눈앞에 얼굴 없는 아기가 있다. 이건 나의 피조물이었다. 영원히 알고 싶지 않았고, 마주할 수밖에 없는 존재였다. 그렇지 않다면 보이는 아기마다 찌르고 싶은 어른이 될지도 모른다.

엄마의 역사를 반복할 기회가 주어졌다. 내 칼은 섬뜩하게 빛났다.

결정해야 한다.

누구를 제물로 바쳐야 살아남을까.

어쩌면 아브라함도 그저 죽기 싫어 이삭을 찔렀는지도 모른다. 아브라함은 신에게 협박받아 제물을 바치고 구원받았지만 인간 세계에선 살인 미수의 중죄인이다. 참작할 만한 사유가 있더라도.

우리는 아직 연말 공연의 결말을 정하지 못했다. 이곳에서 새긴 이야기가 선우원에서의 마지막 무대가 되리라. 물거품이 되지 않으려면 누굴 찔러야 할까. 율과, 이모들과, 동생들이 떠올랐다. 누굴 찔러야 할까. 나, 당신, 아니면 저 아기.

'내가 네 엄마였으면 좋겠다.'

율의 목소리가 울렸다. 율은 모든 결말이 싫다고 했다. 흰 창고는 베이비박스 같았다. 이 아기와 난 똑같은 수감자였다. 탯줄을 달고 태어났을 때부터 우주에 유기된 고아였다. 쌀과 꽃과 아기 냄새가 풍기는 관 속에 우리가 있었다. 침 자욱이 스몄고 바람이 새는 이곳에서 난 율의 말을 환하게 상기했다.

문틈 사이로 부서진 빛이 들어왔다. 아기는 계속 울었다…. 얼굴도 없으면서 목청껏 울었다. 부스러기처럼 옅은

238

생명력을 가지고도 귀가 아프도록 울었다. 그 울음이 날
스칠 때마다 얼굴 껍질 반쪽이 벌어졌다 접혔다, 미어졌
다 닫혔다 하였다. 난 당신의, 아기의 삶을 엿보았다.

온종일 외롭다던 어른의 생일 선물로 두부를 반죽해
액자를 만든 아이가 있었다.
어른은 아이에게 고맙다는 말을 한 적 있었으나,
다음 날 소파에 누웠다는 이유만으로 얼굴을 짓밟았다.
아이는 2층으로, 3층으로… 도망갔다.
하지만 지하 부엌에 도살된 엄마가 남아 있었다.
붉은 입을 뻐끔대는 엄마가
오지 마, 오지 마, 너는 오지 마.

엄마의 입은 아이의 눈동자가 되었다.
어른은 수감되었으나
아이는 10년 후 출소 예정이던 그에게 비소를 먹였다.
두부로 만든 액자에 독을 타서.
그 독이 옆구리에 튀어 상처가 났다.
상처는 하얬다.
아이는 여전히 굶주렸다.
한 번도 배불리 먹은 적 없던 엄마를 생각하며
살갗이 문드러진 맨발로 걸었다.

이 아이 밑에서 여자가 나왔고, 또다시 여자인 내가 나왔다.

이팝나무는 얼굴을 거꾸로 묻고 발바닥을 드러낸 송장을 닮았다. 난 스스로의 삶도 엿보았다. 선우원은 중심에 쓰라린 모래바람을 품은 직원들이 선인장을 닮은 낯으로 앉아 있는, 달궈진 자갈 폭풍이 부는, 때때로 재채기 소리가 들리지만 누구도 응답하지 않는, 다들 모래를 참느라 안간힘인 사막 같았다.

난 엄마 대신 이곳에 왔다. 이모들에게 이런 말을 하며 자랐다.

네 살, 문 뒤에 귀신이 있을까 봐 무서워요.

다섯 살, 이모들은 왜 다 떠나가요?

여섯 살, 선생님도 하느님 믿어요?

일곱 살, 이건 비밀인데 엄마가 칼 들고 날 찌르려고 했어요.

여덟 살, 나도 안기고 싶은데 울면 안아주지 않을 거죠.

아홉 살, 신은 우릴 용서하지 않아요. 하지만 사랑받고 싶어요.

아이들은 자신들끼리 뜨거운 까끌거림을 쳐발랐다. 그 방에서 안간힘을 쓰며 살았다. 이 아기의 역사와 내 역사는 비슷하면서도 달랐다.

난 오른손에 들었던 칼을 높이 쳐들었다. 그리고 내동

댕이쳤다. 얼굴 없는 아기를 안았다. 그 아기를, 여자를
안고 문 밖으로 뛰쳐나갔다. 달릴 수 있는 한 가장 빠른
속도로 뛰었다.

싸락눈이 흩날렸다. 나와 여자는 그 모든 걸 맞이했다.
가끔 발이 미끄러졌다. 숨이 턱에 찰 때까지 달렸다. 입
김이 보얗게 흩어졌다. 콧속이 얼얼했다. 흰 창고가 멀어
졌다. 난 새벽이 다 가도록 달렸다. 먼동이 트는 중이었
다. 우리는 해가 뜰 때까지 도망쳤다. 숲을 통과했다. 눈
쌓인 낙엽 위를 달리면 거울 파편을 밟은 것처럼 쨍그랑
소리가 났다. 길가에, 바닥에, 나뭇가지에, 튀어나온 뿌
리들에 얼굴 없는 여자들이 있었다. 난 몇 번이고 엎어질
뻔하면서 끝까지 달렸다. 여자들처럼 나풀대는 나무 그림
자 속을 달렸다. 탈출하고 싶었다. 거대한 상자 같은 지
구를 벗어나고 싶었다.

뜨거운 상처를 부화기로 쓰는 동물들이 있다. 반물질
의 전하를 가진 여자들이 탄생했던 날처럼, 율이 부서진
뼛속에서 헤엄치기를 결심한 날처럼, 흰 방에서 유기된
것들의 비명을 부검한 날처럼, 나는 새로이 태어나고 싶
었다.

달릴수록 머릿속의 물질들은 형태를 바꾸었다. 우리는
궤도를 비틀었다. 율이 뛰어내린 마당과 이모들이 돌아오
지 못하는 집, 우리가 갇혔던 창고가 멀어졌다. 숨이 가

241

빴다. 땀이 줄줄 흘렀다. 옷이 몸에 달라붙었다. 날숨의 습기가 식어 살갗이 팽팽했다. 하늘에서 시퍼런 색이 걷힐 때까지 질주를 멈추지 않았다.

아무리 달려도 지구를 벗어날 수 없었다. 하지만 더 이상 당신의 빈 얼굴이 두렵지는 않았다. 엄마는 반투명한 물거품처럼 변했다. 일출이 그 얼굴을 투과하여 날 비추었다. 이제 당신은 나와, 이모, 율을 닮았다. 어린양들에게도 핏줄은 있었다. 눈물로 이루어진 핏줄이었다. 아, 나는 어느새 다시 이팝나무 앞으로 돌아와 있었다. 이곳이었다. 당신이 다시 태어날 장소. 아침 햇살을 정면으로 받은 당신이 무지갯빛으로 물들었다. 금속성의 비정한 빛은 가시고 경이로운 투명함으로 아른거렸다. 난 당신을 내려놓았다.

"앞으로도 당신을 원망할 때가 있겠죠. 당신이 누군지도 모르면서 사랑했으니까. 그래서 끔찍했어요. 가끔 당신을 애도할게요. 그러나 평생을 장례식처럼 살진 않을 거예요. 탄생을 기리며 살게요. 내 얼굴을 새기며 살래요. 안녕, 안녕. 잘 가요…."

여자이자 아이였던 역사를 안고 당신은 저물었다.

그곳에선 나도, 당신도 찌르지 않기를. 나는 얼굴 없는 여자를 놓아주었다.

엄마는 빛나는 거품으로 변해 세상 곳곳으로 휘발했다.

그 흔적은 흙 여기저기에, 그 속에서 발아할 씨앗들에, 나뭇잎이 흔들리는 순간에, 눈이 녹은 자리에 물들었다. 그중 가장 생기 넘치는 거품 방울이 옆구리로 날아와 키스처럼 스몄다. 엄마가 소멸한 자리에 커다란 이팝나무가 있었다. 추울 땐 가지에 눈이 쌓이고 더울 땐 꽃이 피어 언제나 찬란한 식물이었다. 여름마다 곡식처럼 흰 꽃들을 피워내는 나무. 죽은 자리에서도 재생하여 풍성하게 봄을 먹이는 나무. 이건 우리의 새 얼굴이었다.

엄마는 이제 고목으로 살아갈지도 모른다. 땅을 갈아 엎은 자리에서 성숙하는 나무처럼 매번 새로 태어날 거다. 나무의 줄기는 다양한 질감으로 빛났다. 고아로 태어난 인간들이 근원을 감당하며 사는 방식이었다.

전화벨이 울렸다. 문득 이모들을 마중하러 가야겠다는 생각이 들었다.

9장
—
다시, 봄

율의 짐작이 맞았다. 원장은 로봇 이모들을 사용해 선우원을 사찰했다. 완전한 불법 행위였다. 난 그걸 이모들에게 알렸다. 곧 복도에서 회의가 열렸다. 누군가가 묘안을 냈다. 우릴 시시때때로 감시했다는 건 반대로 보육원에서 벌어지는 모든 일을 기록한 데이터베이스가 있다는 소리였다.

우리는 그걸 역으로 이용했다. 로봇 이모의 내부를 뜯었다. 그 속에서 메모리카드와 비공개로 관리되던 서버의 흔적, 암호화된 자료들을 발견했다. 이모들은 그걸 쟁취했다. 자료들을 해독하는 데 필요한 비용을 모금하고 도와줄 사람들을 수소문했다.

십시일반으로 조력자들을 구했다. 우리는 증거 파일들도 찾아냈다. 원장과 이사회가 이전부터 예산을 갈취한 정황, 부도덕한 방법으로 인사권을 휘둘렀던 날, 아랫사람에게 패악질을 부리며 날뛰거나 편법을 요구하고 이를 따르지 않는 이들에게 협박하는 목소리 등이 죄다 기록되었다.

우리는 날것의 자료들을 갈무리했다. 그걸 복도에서 함께 청취했다. 실로 충격적이었다. 그중 악에 받친 목소리로 원장이 고래고래 욕설을 퍼붓던 음성이 기억난다. 원장에게도 반물질의 세계에서 몸집을 키운 목소리가 있었다. 그 정체를 목도하자 더 이상 그 사람이 두렵지 않았다. 별것 아닌 일로 오장육부에 서린 오물을 터뜨리는 존재라면 참 비루했다. 원장의 이면은 얼굴 없는 여자들보다 추했다. 탐욕으로만 자신을 증명하는 사람의 근간은 얼마나 하잘것없던지.

우리는 세간에 이를 낱낱이 공개했다. 반신반의하던 여론이 우리 편으로 돌아섰다. 사람들의 뜻은 이사회가 아이들에게 보육원을 돌려주어야 한다는 쪽으로 향했다. 기억의 힘은 강했다. 잊을 만하면 몇이 꼭 우리 곁에 남았고, 한 사람이 나가떨어지면 다른 이가 돌아왔다. 서로 목소리를 보탰다.

판도가 바뀌었다. 얼굴 있는 사람들이 증식했다. 그들은 무기를 사용하지도, 폭력을 쓰지도 않았지만 얼마나 많은 이가 눈을 뜨고 있는지 증명했다. 사람들은 보육원 바깥에서, 시청에서, 거리에서, 국회의사당 앞에서 뜻을 모았다. 그 수가 점점 많아질수록 이사회와 원장은 꼬리를 내렸다. 이모들을 끌고 갔을 때처럼 권력을 남용할 수 없었다. 사람들의 머릿수는 기동대보다 많았다. 사람들이 예상을 뒤엎고 몰려들자 어쩔 도리가 없었다. 공권력이 억압할 수 있는 인파에도 한계가 있었다. 미래는 이모들과 선우원의 존중을 외치는 이들에게서 태어났다.

우리의 순환이 원장의 권력보다 끈질겼다. 시간은 흐르고, 변화는 오고, 균열이 생겼다. 이모들은 가만히 있지 않았다. 머리를 맞대고 가능한 모든 방법을 총동원했다. 이모들의 생은 훨씬 끈질겼다. 원장과 이사회는 패배했다. 세상엔 틈이 더 많아졌다. 이모들과 우리가 만든 균열이었다.

난 목격하고 기록했다. 누가 우릴 두려워했고, 누가 용기와 사랑으로 가득했으며, 누가 우리를 위해 울었고, 결국 서로를 마중하였는지. 누가 생채기로 가득한 포옹을 나누었는지. 누가 서로에게 엄마가 되어주었는지. 우리는 아이를 찌르지 않는 방식으로 믿음을 증명했다. 신은 우리를 사랑한다.

시위가 막을 내린 후, 우리는 이모들을 끝까지 기다

렸다.

정문을 묶었던 쇠사슬이 풀렸다. 무거운 문이 개방되었
다. 그 아래 율이 떨어지며 팬 자국도 새 흙으로 덮였다.
우리는 그 속에 이팝나무 씨앗을 뿌렸다. 사람들이 위를
오갔다. 이모들이 손을 흔들었다.

이팝나무는 꽃을 피울 준비를 시작했다.

✳

신은 소원을 들어주기로 약속했다.

제물들이 가는 천국이 지상에 알려졌다. 화려하고 유복한 세
상이 스크린 속에 펼쳐졌다. 고난이 가득하던 지상과는 달랐다.
원하는 건 모두 얻었고, 풍족한 금은보화와 음식에 둘러싸여 호
사를 누렸다. 모든 이가 주인공을 우러러보고 동경하는 곳이었
다. 희생은 축복이었다.

이제 사람들은 앞다투어 제물이 되길 원했다. 이전엔 가장
낮은 곳의 사람들을 밀어냈지만 지금은 가장 부유한 이들이 제
물의 자리를 탐냈다. 서로가 그 자리에 올라가기 위해, 신의 사
명을 받기 위해 타인을 음해하고 착취했다. 자신이 갖춘 자격을
과시했다. 다툼이 벌어졌다. 갈등이 증폭되자 사람들은 차라리
투표를 하자고 제안했다.

야망 있는 사람들이 모여 자기가 왜 제물이 되어야 하는지 연설했다. 결국 사람들을 매수해 결과를 조작한 이가 당선되었다. 원하는 걸 얻을 권력이 있던 그는 뿌듯해 하며 제물의 자리에 올랐다. 그에게 보여준 세상은 먼저 희생양이 되었던 내 친구가 만들었던 곳이었다. 오래도록 나를 기다리며 만든 세상은 그토록 아름다웠다. 그는 그곳으로 가길 갈망했다. 사람들은 내 친구의 세상을 진정한 천국으로 믿었다. 반은 맞고 반은 틀렸다.

신은 약속대로 그를 제물로 데려갔다.

그리고 나에게 넘겨주었다. 신은 선약을 중요시했다. 이제, 그의 세상을 정할 권리는 내게 있었다.

나는, 어떤 선택을 해야 했을까? 어떤 세상을 만드는 게 옳았을까? 친구는 슬픈 눈으로 날 바라보았다. 아마 그 애가 내게 만들어주고 싶은 세상은 이런 게 아니었겠지. 그래도 난 곧바로 지옥을 만들진 않았다. 이 우주와 지상에 불확실성이라는 여지를 남겼다. 그들에겐 기회가 충분했다. 선한 우주를 택할 시간은 많았다.

이제 난 이기심으로 나와 똑같은 운명을 맞이한 저 인간의 세상을 결정할 수 있었다. 지상에서는 그가 내 세상을 정할 권력이 있었지만 지금은 반대였다. 이제 그는 아둔한 얼굴로 날 멀거니 본다.

당신은 과연 내가 어떤 세상을 만들었으리라 생각하는가?

한 가지 실마리를 주자면 당신이 사는 이곳도 그때부터 제물들의 행성이다.

오직 내 친구만이 행성의 굴레를 벗어날 기회가 있었다. 하지만 그 애는 나를 사랑해 이곳에 함께 남았다. 진정한 우정이자 사랑이었다.

*

연말 공연날이 다가왔다. 우리는 다 같이 연극을 준비했다. 제목은 〈유토피아〉였다. 흰 스크린을 설치하고 주변을 장식했다. 율과 나의 생일 테이블을 만들다 망가졌던 소품들이 창고에 그대로 있었다. 우리는 그걸 고스란히 사용했다. 율은 주역으로 무대에 섰다. 수술에는 차도가 있었다. 다행히 신경이 무사했다. 뼈와 근육이 아물면 예전만큼은 움직일 수 있었다.

재활에는 오랜 시간이 필요했다. 율은 불평하지 않았다. 그 애는 재활 훈련에 꾸준히 참여했다. 때론 끔찍한 통증에 얼굴이 찡그려지고, 비명이 나왔지만 포기하지 않았다. 결국 율은 퇴원할 수 있었다. 완전히 성한 몸은 아니더라도 스스로 이동하고 결정할 수 있었다. 그 애는 붕대를 감고, 휠체어에 탄 채 독백을 읊었다. 심해 보육원에 살다 제물들의 별을 만든 인어 외계인의 역할을 훌륭히 연기했다. 흰 비늘로 몸을 감싸고, 얼굴을 물감으로 칠한 그 애는 정말 우주를 유영하는 인어 같았다.

난 아이들이 전부 참여할 수 있도록 대사를 분배했다. 그림을 잘 그리는 아이에게 무대 미술을 부탁했고, 트라이앵글과 실로폰을 연주해 배경음을 만들었다. 시위를 하는 동안 휴대폰으로 촬영한 영상들을 배경으로 틀었다. 예전 율이 그렸던 그림도 덧붙였다. 클라이맥스에서 어린 배우들은 모두 얼굴 없는 여자의 가면을 썼다. 빈 가지의 이팝나무로 막이 바뀌면 율이 마지막 대사를 했다. 조명이 꺼졌다. 커튼콜을 받을 땐 가면을 전부 벗어 던졌다. 우레와 같은 박수가 쏟아졌다. 율은 눈물을 터뜨렸다. 그 애는 객석에 앉아 있던 날 데려와 관객 앞에 세웠다. 우리는 다 함께 손을 잡고 인사를 했다. 환호성이 울렸다. 꽃다발이 무대 위로 던져졌다. 그걸 전부 품에 끌어안았다.

인어는 물거품이 되지 않았다. 대신 사람들이 인어가 만든 세상에서 살았다. 우리는 관객들에게 물었다. 당신이라면 어떤 행성을 만들겠는가? 수없이 많은 얼굴이 잊히는 행성, 또는 더 많은 얼굴을 각인하는 행성? 어쨌든 지금 우리는 이 행성을 만들며 살아간다. 마지막 무대는 나의 자부심이었다.

보육원을 떠나기 전날 밤엔 율과 나란히 누웠다. 월세 방을 구했다. 율이 독립하려면 몇 년이나 남았다. 그동안 내가 먼저 자리를 잡기로 약속했다. 율까지 보육원을 나오면 함께 살 예정이었다. 우리는 가족이었고 앞으로도 그럴 것이었다. 세상이 규정한 형태는 아니지만 스스로 선택하고 일군 모습으로 살아가리라. 우리는 등과 다리뼈를 맞댄 채 잠들 준비를 했다.

얼굴 없는 여자들은 더 이상 나타나지 않았다. 방송 특집까지 내보냈던 날이 무색하도록 여자들은 일순간 사라졌다. 사람들은 공백을 어색하게 여겼다. 그 존재들이 어디로 갔을지 떠들었으나 곧 잊었다. 다만 여자들이 사라진 거리는 더 이상 우리가 알던 길이 아니었다. 그건 결코 이전과 같을 수 없었다.

그들을 목격했던 사람들의 신경에서 놀라운 변화가 발견되었다. 거울 신경 반응이 타인들보다 활성화되었다. 다른 이들의 행동과 표현을 마음속에 더 잘 기억했으며 슬픔과 기쁨의 얼굴을 모사했다. 그걸 통해 상대의 경험을 생생하게 상상했다. 거울 신경이 반응하면 타인의 아픔에 함께 울었고 웃음은 두 배가 되었다. 이 신경 체계가 활성화될 때 두 개체는 연결되는 듯한 착각에 빠졌다.

몸과 몸 사이의 물리적인 거리는 사라지고 공존한다는 감각이 찾아왔다. 도취적인 느낌은 영원하진 않았지만 외로움이 줄었다. 아픔과 고통이 가중되었으나 환희와 사랑도 풍부했다.

빈 얼굴을 바라봤을 때 사람들은 여자들이 본래 가졌어야 할 얼굴과 역사, 목소리를 상상했다. 그건 곧 자신의 내면 깊숙한 곳으로부터 반영된 그림이었다. 그것들이 세상을 채우는 건 개개인이 지구 속 커다란 뉴런이 되는 일이었다. 우리는 더 빠르게 많은 상상을 주고받았다. 때로 더 많은 증오와 고독을 상상했다. 더 많은 사랑을 상상했다. 삶의 다음 장이 어떠해야 하는지 계속 그려냈다. 난 이모들을 닮은 미래를 떠올렸다. 그런 어른이 되어 다시 선우원을 찾아오고 싶었다. 올해 이모들이 그랬던 것처럼. 양손에 먹을 걸 가득 들고 고무장갑을 낀 채 참기름 냄새를 풍기고 싶었다. 동생들에게 "괜찮아, 살 만해."라고 말해주고 싶었다.

공식적으로 시위가 끝나던 날, 수많은 이들이 찾아와 "승리를 축하한다."라고 말했다. 여기저기에서 카메라 플래시가 터졌다. 사람들은 스포트라이트가 켜지는 순간에만 관심이 있었다. 그들의 얼굴은 대단한 희망을 본 양 빛났다. 반면 보육원 내부의 우리는 패잔병처럼 울었다. 마냥 기쁘지만은 않았다. 씁쓸함과 아릿함이 오래 감돌았다.

아픔이 더 곪기 전에 한 계절이 마무리되었다는 것만 다행이었다.

처음 구속되었던 이모들 수의 반은 돌아왔지만 전부 복귀한 건 아니었다. 끈질기게 주동자를 물색해 혐의를 부여하려는 이들이 남아 있었다. 우리는 선우원에 단 한 명의 영웅이 있는 게 아니라고 주장했다. 단 한 명의 혁명가, 단 한 명의 주역, 단 한 명의 반동세력, 단 한 명의 주동자는 없었다. 우리는 어떤 타이틀보다, 훈장보다, 상패보다 하루빨리 선우원의 일상이 돌아오길 원했다.

누구도 영웅이 되고 싶지 않았다. 누구도 다치지 않기만 바랐다. 횡령, 비리, 유착, 폐단…. 올해 내가 가장 많이 배운 단어였다. 연행되어 조사가 무기한 진행되는 이모도, 정신적 상처를 크게 입어 보육원 근처만 와도 공황이 오는 이모도 있었다. 아이들도 마찬가지였다. 악몽을 호소하고 야뇨증이 생긴 아이들이 늘었다. 우리는 정말 성공했다고 말할 수 있을까. 우리의 소망은 얼마나 이루어졌나.

그럼에도 시위가 끝나자 이모들은 이전처럼 애들에게 잔소리를 하고, 밥을 먹이고, 학교를 보내고, 농담을 했다. 마치 우리의 지난 고통은 오늘의 일상을 이길 수 없다는 것처럼. 하루를 쥘 권력은 우리에게 있다는 것처럼. 삶의 터전에서 억지로 쥐어뜯겨 나갔던 경험은 쉽게 잊히지 않았지만 이모들은 일상을 되돌리는 데에 전력을 다했다. 아직 돌아오지 못한 이모들이 언젠가 정문을 넘을 때 늘 곁에 있었던 것처럼 환영하고 싶어 했다. 이런 식으로라도 붙잡고 싶은 안부가 있었다.

나는 율의 눈, 코, 입, 머리끝부터 발끝까지 차례대로 바라보았다. 눈을 감은 후 얼굴의 잔상을 되새겼다. 더 연약해진 다리와 수영을 시작해 단단한 어깨로 물을 누비는 율을 상상했다. 그 경험이 무엇인지 다 이해할 순 없겠지만, 거울처럼 율을 상상하려 노력했다. 하루 더 율의 마음을 생각하면 율은 하루 덜 외롭지 않을까. 판단하고 잣대를 들이대는 방식이 아니라 율을 헤아리고 더 잘 함께하기 위한 상상이라면. 마음에 그리지 못했던 이야기는 거울의 차원으로 넘어가 형상을 갖출 것이다. 반물질의 세계도 우리 현실이었으니까. 난 그곳의 인어들을 불러보았다.

가능하다면 한동안 죽음을 꿈꾸는 건 쉬기로 했다. 삶 속에서 투쟁하니 죽음은 너무 과대평가되어 보였다. 그 너머가 삶보다 평안한지는 누구도 모른다. 아름다움을 따지자면 희극이나 비극이나 비슷하다. 내 삶이나 죽음이나 유사했다. 어차피 생은 현존하는 고통과 불확실성 간의 사투이다. 그러니 죽음을 미화하지 않기로 했다. 그건 금기도, 해결책도 아니었다. 그건 누구에게나 공평했다. 희소성도 없었다.

그러니 삶을 더 보듬는 게 낫다. 난 율의 무른 다리 위에 손바닥을 올렸다. 우리는 일반적인 부모와 아이들이 어떤 관계를 맺는지는 모른다. 대신 더 많은 엄마로부터 삶을 물려받았다. 이걸 집요하게 지키고 싶었다. 우리가 특별히 강하기 때문은 아니었다. 이미 우리 삶엔 너무 많은 눈물이 스몄기 때문이었다.

반물질의 엄마는 빼앗긴 만큼 삶이 늘어나는 곳에서 살았다. 난 아직 물질계에 산다. 이 삶을 노리는 이들에게 빼앗길 바엔 멀리 도망쳐야지. 힘들면 잠시 쉬었다가, 그 후엔 조금만 더 같이 헤엄쳐야지. 율에게 수영을 배워야지. 얼굴의 몫을 다하며 살아야지. 미워하고, 증오하고, 슬퍼하고, 분노한 후 다시 태어나야지. 인어의 별에서 비명들이 탄생했던 만큼 새로운 목소리를 울려야지. 율의 옆얼굴에 내리쬐는 달빛이 환했다. 난 너머의 세계에서 나무처럼 목숨을 이을 엄마에게 마지막 편지를 마음속으로 보냈다.

엄마, 이젠 도망가도 괜찮아.

외로움은 누군가를 사랑한 증거다. 사랑한 만큼 여백은 발생한다.

＊

　내가 계약한 방은 보증금 삼백에 월세 삼십, 선우원과 2시간 떨어진 거리의 반지하였다. 난생처음 가지는 나만의 방은 아담하면서도 습했다. 햇빛은 반만 들어찼다. 종종 창밖으로 사람들의 발목이 보였다. 부리나케 걷는 사람, 한쪽 발에 유난히 힘을 주는 사람, 절뚝거리는 사람, 뒤꿈치를 끌다 담배를 던지는 사람, 힘없이 터벅터벅 걷는 사람…. 발소리들은 다양한 쓸쓸함을 간직했다. 교통은 괜찮은 편이었고 곰팡내가 심했다. 홀로 침대에 누우면 발소리들이 더 크게 들렸다. 같이 방을 보러 갔던 이모는 영 탐탁지 않아 했지만 난 늦지 않게 몸을 누일 수 있다는 것만으로도 좋았다. 이모들이 아는 분을 통해 단기 일자리도 얻었다. 2주 정도 집 정리를 한 후 출근할 예정이었다. 그 후엔 좀 더 오래 일할 수 있는 곳을 찾아야 하겠지.

　얼굴 없는 여자들 이후로 현상을 설명하고자 하는 어른들이 미디어에 자주 등장했다. 인간은 언제나 설명할 언어를 필요로 했다. 덕분에 나도 여러 가지를 주워들었다. 무엇도 내가 만난 엄마를 설명하긴 어려웠지만, '물리학에서 관측이란 인간이 아닌 우주가 주체'라는 말이 기억났다. 즉 무언가를 목격하고 헤아리는 주인은 인간이

259

아니라는 거다. 우리는 단지 상호작용을 드러낼 뿐이었다. 신에게? 아니면 우주에게. 그럼 나는 어떤 상호작용을 드러내며 이 생을 살아야 할까.

선우원의 흰 문이 떠올랐다. 시위가 끝나고 양곡창고를 다시 찾았다. 그 앞에 서서 문을 뚫어져라 살폈다. 여자는 없었다. 자세히 보니 문의 페인트조차 동일한 흰색은 아니었다. 그곳은 각기 다른 하양으로 얼룩졌다. 수많은 이모가 덧칠한 무늬였다. 선우원에 드나드는 해마다 붓을 쥐고 때론 거칠게, 때론 섬세하게 문을 보수한 자국이었다. 우리는 이 문을 드나들며 밥을 먹고 자랐다. 이곳은 인어들의 별과 통했다.

학자들은 세상을 거시세계와 미시세계로 나눈다. 거시세계는 한 가지 원인에 한 가지 결과가 따른다. 반면 미시세계는 한 가지가 동시에 중첩된 여러 결과와 이어진다. 내 방은 일종의 미시세계다. 물론 두 개념은 상대적이라 누군가에게 우리의 방은 보이지 않을 정도로 초라하지만 누군가에겐 너무 명확하여 외면할 수 없을 것이다.

옆구리의 상처는 해가 지날수록 흐려졌다. 나는 이걸 안고 독립을 준비했다. 흔적은 영원히 사라지진 않는다. 누군가의 곁에선 상처가 아름다운 식물의 가지였고 누군가의 곁에선 흉물이었다. 이 상흔이 없었다면 엄마를 만나지 못했을 거다. 처절한 분리의 훈장이었음을 모른 채 같은 역사를 반복했을 것이다. 엄마의 역사를 알았으니 나는 다르게 생존할 권리를 얻었다.

이삿짐은 많지 않았다. 다 같이 살 땐 언제나 물건이 수북했는데, 막상 짐 정리를 하니 내 몫은 적었다. 옷가지 몇 개와 서류 뭉치, 식구들이 건넨 선물이 전부였다. 다른 건 함께 나눠 쓰던 물건들이 대부분이라 두고 왔다. 난 이모들이 챙겨준 생활용품들을 풀었다. 음식물 쓰레기를 편히 버릴 수 있는 옥수수 전분 망, 바닥을 청소할 때 유용한 극세사 대걸레, 질긴 고무장갑, 비타민, 아담한 그릇과 컵, 빨래 바구니와 수납함, 식용유와 섬유유연제, 휴지와 일인용 밥통….

하나둘 살림을 챙기다보니 이것도 주고 싶고 저것도 주고 싶었을 마음들이 그려졌다. 난 방구석에 고인 먼지부터 쓸었다. 이모들이 준 도구로 온종일 집을 치우고 닦았다. 너덜거리는 거미줄과 벽을 물들인 곰팡이도 제거했다. 환기를 시키려 창을 열자 아직 서리가 녹지 않은 땅이 보였다. 숨을 들이마시면 찬 이슬 같은 공기가 머리를 깨웠다. 난 이곳에서 자신도, 누구도 찌르지 않을 삶을 시작하고 싶었다.

보육원에 남은 로봇 이모 한 대는 폐기하기로 했다. 한 대는 남겼다. 난 아직 로봇 이모를 좋아할 수 없었다. 로봇 이모는 로봇들의 엄마는 될 수 있겠지. 그러나 나의 엄마가 될 수 있을지는 모르겠다. 시중의 돌봄 로봇들은 판매되지 못했다. 그것들도 장렬히 폐기되었다. 로봇들은 아이들의 울음을 감당하지 못했다.

로봇 이모들은 가끔 유용하지만 그보다 이모들이, 우리 엄마가 사람다울 수 있도록 세상이 도와주었다면 더 좋았을 텐데. 한 여성이 떠맡는 일들의 정체가 무엇인지 더 많이 알려졌다면…. 우리 엄마는 홀로 나를 찌르지 않고도, 내 엄마였든 아니든 더 살아갔을지도 모르는데. 그런 생각이 밀려왔다. 누구의 힘도 빌리지 않고 스스로 집을 정리하는 일은 날 찌르고도 자신과 세상을 견디지 못한 엄마와 그에게서 태어난 나를 추모하는 행위였다. 난 선우원에 남은 로봇 이모가 언젠가 인어의 세계를 이해할지 궁금했다.

보육원에서의 마지막 날에는 다 같이 손을 잡고 건물을 한 바퀴 돌았다. 동생들과 숨바꼭질을 하고 뛰어놀던 놀이터, 차례차례 재활용품을 정리했던 공터, 혼나면 언제나 도망가 숨었던 도서관, 밥 냄새 풍기던 식당과 우리 이름을 심던 화단까지. 마지막으로 얼굴 없는 여자를 보았던 흰 창고 안에 들어가 웅크려 있었다. 축축한 공기는 이전만큼 두렵지 않았다. 오히려 안온한 느낌이었다. 나는 잠시 그곳에서 피는 곡식 냄새를 음미했다.

정문에서 차를 타고 떠날 땐 다들 울었다. 나는 늘 엄하고 차가운 로봇 같던 언니였는데도 헤어질 땐 울어주는 동생들을 보니 마음이 술렁였다. 눈두덩이가 부은 걸보아 한바탕 서러움을 쏟은 게 분명한 율도 있었다. 그애는 여전히 눈물이 많았다. 율은 손가락을 내밀었다. 보조 기구를 착용한 팔다리가 사이보그 같았다. 사람들의 수군거림과 시선 속에서도 율은 병실에서 내게 했던 약속들을 지켰다. 그 애는 수영을 그만두지 않았다. 우리는 다시 만날 날을 약속했다. 차에 짐을 모두 싣자 이모들이 다가와 날 차례로 포옹했다.

"힘들면 언제든지 와."

나는 고개를 끄덕이면서도 속으로는 그럴 수 없을 걸알았다. 아마 내가 여길 다시 찾을 즈음 몇 이모들은 이미 선우원을 떠나고, 몇 아이들도 졸업할 거다. 나는 정신없이 바쁘고, 집세와 생활비를 버느라 분주하겠지. 그걸알지만 고개를 끄덕였다. 내가 떠나도 선우원의 삶은 끊임없이 만났다 서먹했다 반복하며 굴러갈 거다. 이모들은연신 "너는 우리 아이야."라며 당부했다. 어른이 되더라도 넌 영원히 우리들의 아이라고. 난 이모들에게 감사를전했다.

파동이나 물질은 일정 방식으로 진동하거나 반응하는결맞음 계에 있다. 하지만 세계가 거대할수록 교란이 일어나 결이 어긋나는 현상도 발생한다. 자연 속에서 입자들이 어긋날 때가 있다는 건 인간에게도 운명을 흔들 기회가 있다는 뜻이다. 우리에겐 입자인 부분도 파동인 부분도 존재하니까.

실존이 무엇이냐 묻는다면 가능성의 집합이라 답하겠다. 이제 내 품엔 월세 계약서와 통장, 도장, 보호종료 대상자로 확정되며 받은 신분증이 있었다. 나는 차를 타기 전까지 계속 시답잖은 농담을 던졌다. 다들 애써 눈물을 닦으며 배웅했다. 차에 탑승해 문을 닫은 후엔 절로 고개가 숙여졌다. 난 구부러진 목으로 생각했다. 누구도 다치지 않길 바란 이모들의 소원은 얼마나 이루어질까. 나는 과연 어떤 가능성을 바라며 살아야 할까. 그걸 내내 생각하느라 창밖 풍경은 하나도 보지 못했다.

세상의 엄마들은 아이를 낳으면 비로소 자신의 죽음에 관해 생각한다고 한다. 자신의 소멸만큼 남겨진 이들의 외로움을 성찰한다. 그렇다면 우리 이모들은 얼마나 많은 죽음을 생각했을지. 난 이걸 사랑이라 부르고 싶었다. 언젠가 나도 자신의 죽음보다 타인의 외로움을 떠올리며 삶을 붙잡길 바랐다.

나는 여전히 살아 있다.

언젠가는 율과 가족이 되고 싶다.

물속에서 율은 자신의 몸이 어떤 존재여야 하는지 잘 알았다. 내년 있을 수영 대회에 참가 신청도 했다. 메달을 따고 자격증도 얻어 자신처럼 몸이 불편한 아이들에게 수영을 가르치고 싶어 했다. 어떤 경우에도 좀 더 살아남도록.

"내가 인간이었으면 이런 일 못 해. 인어 외계인이니까 가능한 거야."

율은 이렇게 농담했다. 그 애가 꿈꾸는 미래라면 무엇이든 좋았다. 입주를 마친 월말에 같이 수영장을 가기로 했다. 난 유명한 맥주병이니 율은 잔뜩 물을 먹이고 놀리겠지. 그래도 율이 수영하는 모습을 볼 날이 기대되었다. 그 애가 자신만의 곡선으로 물살을 가르는 순간을 보는 건 정말 오랜만이었다. 율은 대칭을 붕괴하며 태어난 애였다. 수많은 시행착오들의 우주에서 가장 훌륭한 경우의 수였다. 상처를 몸에 새기고도 살아남은 나처럼, 인어답게 헤엄치는 율처럼, 세상은 우리 돌연변이들이 진화시킨다.

이삿짐 상자가 너저분했다. 좋아하는 음악을 틀었다. 박스를 하나씩 열어 정리했다. 그전엔 내 공간이라 할 만한 게 거의 없었기에, 물건들의 위치를 결정하는 일은 생각보다 고달팠다. 어떻게 놓아도 썩 마음이 흡족하지 않았다. 밥을 먹는 것도 잊고 고군분투했다. 시간이 금방 갔다. 내 손이 이렇게 느린지 처음 알았다. 여럿이 어울려 대청소를 하면 금방 끝났었는데. 해가 다 지고서야 짜장면

한 그릇을 겨우 시켰다. 이제 가족들에게 받은 선물을 담은 박스 한 개만 남았다.

하루도 지나지 않았는데 벌써 가족들이 그리웠다. 상자 속엔 여덟 살 동생이 색종이를 접어 만든 편지가 있었다. 하트 모양이었다. 모서리와 꼭짓점을 손끝으로 문질렀다. 인형 뽑기 기계에서 용돈 오천 원을 들여 뽑은 장난감과 편의점에서 산 핸드크림, 구슬, 빗, 직접 뜨개질한 장갑도 있었다. 모두 동생들이 소중히 여기는 물건이었다. 애들은 내 미래를 위해 제게 가장 소중한 것들을 내놓았다. 평생 모은 편지들도 한 아름 있었다. 밥이 도착하는 동안 그것들을 한 장씩 읽었다. 곁에 있던 이들의 마음을 그리는 건 미련과 원한을 가지는 일보다 사랑스러웠다.

선물들을 보관하고 상자를 치우려는데, 밑바닥에 뾰족하게 튀어나온 무엇인가가 있었다. 아직 등을 켜지 않아 눈이 침침했다. 가로등불이 창틈으로 들어와 모서리를 비추었다. 먼지가 동동 떠다녔다. 어스름한 불빛 아래 그건 차가운 날붙이처럼 보였다. 칼날이 나를 따라왔을까, 난 청소하던 손을 멈추었다.

오도카니 앉아 저 서늘함이 예지할 미래를 생각했다. 마치 엄마가 따라온 것처럼 느껴졌다. 반지하에는 그림자가 금방 들어찼다. 정말로 혼자가 되었다는 사실이 실감

266

났다. 방은 좁고, 누우면 금방 벽에 팔다리가 닿았다. 그럼에도 날 둘러싼 여백은 캄캄했다. 기분이 깊이 가라앉았다. 그래도 마지막 상자는 치워야 했다. 저걸 분리해 곱게 접어 수거함에 내놓아야 한다. 그래야 이사가 마무리된다. 나는 몸을 일으켰다. 관절이 뻑뻑했다. 상자 구석에 손을 댔다. 날카로운 물체를 집었다.

아. 그건 부러진 나뭇가지였다. 율이 추락할 때 함께 바스러진 파편이었다. 겉은 바싹 말랐고 끝 부분이 일그러졌다. 엉망으로 찢긴 줄기 속엔 희한하게도 아직 녹색 물관이 파랬다. 허물어진 겉껍질과 새순처럼 물씬한 속이 보였다. 옆구리가 아릿했다.

그걸 치우려다 그만 끄트머리에 약지를 베였다. 날 선 통증이 느껴졌다. 핏방울이 뱄다. 손이 얼얼하고 따끔거렸다. 지혈할 휴지를 어디 두었는지 잊었다. 송골송골 맺힌 혈액은 식물의 물관 속으로 떨어져 스몄다. 난 쓰라린 손마디를 쥐었다. 가장 쓸모없지만 절대 홀로 움직이지 않는 그 손가락을. 식물은 눈물처럼 상처를 머금었다. 멀리 별 하나가 반짝였다. 손가락 끝에서 다음 핏방울이 떨어졌을 때,

나는 처음으로 얼굴을 찡그리고 소리 내어 울기 시작했다.

갓 태어난 어린애처럼.

목청껏 울음을 터뜨렸다. 볼이 붓고 목이 아플 때까지 울었다. 주먹을 부여 쥐고 얼굴이 새빨개지도록 울었다. 이 방엔 떠나온 가족들의 선물과 그림자, 나를 따라온 이 팝나무 조각이 있었다. 울음의 파동을 따라 나무껍질은 찬찬히 부스러졌다. 방엔 방금 먹은 짜장 냄새가 뱄다. 내일부턴 스스로 밥을 먹으며 살아남아야 한다. 욱신거리는 약지를 끌어안고 이불 속으로 기어들어 갔다. 코끝이 시큰했다. 이 밤이 지나면 나는 새로운 어른으로 탄생할 것이다.

〈끝〉

작가의 말

이 글은 두 갈래의 조각으로부터 시작합니다.

보육원의 아이들을 일주일에 한 번씩 만나던 때였습니다(제 또 다른 직업은 상담심리사이자 놀이치료사입니다). 아이들은 매주 학교와 시설 생활이 어떤지 저와 이야기를 나누고, 보드게임과 장난감 놀이를 하지요. 이곳엔 여느 센터 못지않게 잘 관리된 놀잇감과 미술용품들이 있습니다. 아이들은 '일반 가정'의 아이들과 별다를 바 없이, 또는 그들보다 훨씬 조숙하게 자신의 내면을 표현합니다. 다음 지원 사업이 시작되기까지 얼마간 놀이를 중단하고 기다려야 하던 연말(시설에서의 세션 횟수는 정부의 예산안이 허락하는 범위 내에서 진행되고, 다음 해 새로이 서류를 작성하여 행정 기관이 승인해야 놀이가 재개됩니다), 저는 아이들이 겨울을 보내며 읽을 만한 동화책을 선물하고 싶어 서점에 갔습니다. 기뻐할 아이들의 얼굴을 상상하며 즐겁고 뿌듯했지요. 하지만 서점에 들어서서 얼마 지나지 않아 큰 난관에 부딪혔습니다. 한 시간 내내 어떤 책도 고르지 못한 채 서가를 방황했습니다. 이상하게도 매대에 놓인 수많은 책 대부분에서 가족 이야기가 빠지지 않았습니다. 중심 소재가 달라도 꼭 엄마 아빠를 중간에 집어넣었어요. 마치 '아이들의 세계는 그래야 한다'는 듯이. 그 순간 책을 펼쳐 들 아이들의 표정이 떠올랐고, 어린이 코너를 둘러싼 많은 책들이 낯설어졌습니다. 제가 아는 아이들은 학교에서 친구들과 원만히 잘 지내고 모범생으로 인기가 좋지만, 오랜만에 면회가 허락된 부모에게 선물할 종이접기를 하다가 마음만큼 손이 따르지 않자 한 시간 동안 자신의 몸을 때리며 울기도 합니다. 그들에게 엄마 아빠를 기준으로 하는 '가족'은 당연하지 않습니다. '밀려나는 감각' 속에서 태어나는 울음을 들어본 적 있나요. 이날부터 의문이 시작되었습니다. 평범함이라는 기준은 누구로부터 왔고 무엇을 위해 필요한가. '평균'은 정답이자 정상일 수 있는가. 오로지 한 종류의 기준만이 존재할 경우 그것은 옳은가.

*

젊은 여성들의 시위에 참여한 적이 있습니다. 저는 '세상이 거꾸로 가더라도 내가 뭘 할 수나 있나'라는 염세적인 생각에 빠진 어른이었고 그곳에 모인 여성들은 뭘 할 수 있을지 모르지만 뭐라도 해보자는 마음으로 온 사람들이었습니다. 우리가 모인 시발점은 공권력이 일개 개인들을 억압하려는 장면을 목격했기 때문이었고, 고루한 야만의 방식에 여성들은 이제껏 없었던 새로운 아이디어들로 싸우고 버티기 시작했습니다. 시위는 성과를 이루어 더 큰 촛불들로 번졌어요. 그 과정에서 수많은 아픈 이들이 탄생했지만, 어쨌든 참여자 자신들을 자랑스러워해도 될 만한 결과였습니다. 그런데 이 여성들이 시위를 어떻게 마무리할지 회의 끝에 낸 결론은 충격적이었습니다. 그곳엔 모든 사건과 모든 면을 기록한 자료가 있었기에 이걸 공개하여 더 큰 스포트라이트를 받을 수도 있었습니다. 다만 그럴 경우 누군가가 표적이 되거나, 이미 트라우마가 생긴 이들이 영향을 받을 위험성도 있었지요.

당신이라면 어떤 선택을 했을까요?

그 자리의 여성들은… '다 함께 무명으로 남기'를 선택하였습니다. 누군가는 영웅으로 주목받고 이익을 보는 선택지가 있었음에도요. 대신 공식적으로 시위 종료가 선포

되던 날 자정, 여성들은 기다렸다는 듯 '일상의 이야기'들을 적었습니다. 추천하는 맛집, 오늘 입을 옷, 연애 고민, 생활 꿀팁, 좋아하는 책과 영화 홍보 등…. 아, 이들에겐 개인적 이득을 얻는 일보다 더 중요한 가치가 존재했습니다. 누구 한 사람이라도 다치지 않도록 지키려는 힘. 거대한 욕심보다 우리의 일상이 중요함을 온몸으로 보여주는 일. 치료적 관점에서는, 체험들을 말하는 것이 금기시되는 방향이 좋은 것만은 아닙니다. 때로 안전하게 발설되어 고름을 짜내야만 일어나는 치유와 성장이 있습니다. 하지만 당시 여성들에게 사회는 안전하지 않았고 그들은 자신의 친구가 다칠 바엔 함께 침묵하기로 결정했습니다. 이건 놀라운 종류의 숭고함이었습니다. 나만의 개인적인 욕심을 내려놓아야만 가능한 선택이니까요. 왜 역사 속에서 수많은 여성이 훌륭한 업적을 쌓고도 익명으로 사라졌는지에 대한 한 갈래의 이유가 이해되었습니다. 앞으로도 누군가가 강제로 희생되고 이름을 뺏기는 일은 없어야 하지만, 자발적으로 익명 되기를 선택했던 존재들의 순간을 기억합니다. 아직 세상엔 수많은 오독이 산재합니다. 하지만 우리가 지킨 진실의 얼굴은 절대 사라지지 않을 것이며, 어떤 식으로든 남아 세상과 공명할 것입니다.

＊

얼굴 없는 시간을 통과했던 우리는 어떻게 살아가고 있나요. 당신의 안부가 궁금합니다.

우리는 어떤 어른으로 재탄생할 수 있을까요? 저는 아직도 매일 성장통을 겪어요.

언젠가 어른이 될, 어른으로 살아갈 모든 이들에게 이 소설을 바칩니다.

절박한 시절에도 미련하게 약속을 지킨 탓에 나도, 당신도 귀한 얼굴일 수 있었음을 기억해주세요. 당신들의 찬란한 얼굴 덕택에 불완전한 나도 비틀거리며 하루 더 연명합니다.

이 소설이 SF라 불려도, 그렇지 않아도 좋습니다. 문학이라 불려도, 그렇지 않아도 좋습니다.

이건 그저 삶의 이면에서 탄생한 이야기니까요.

2022년 2월
정이담

순
백
의

비
명

초판 1쇄 발행 2022년 2월 22일

지은이 정이담
펴낸이 박은주
편집장 최재천

편집 설재인, 최지혜
디자인 김선예, 서예린, 오유진
마케팅 박동준

발행처 (주)아작
등록 2015년 9월 9일(제2021-000132호)
주소 04050 서울특별시 마포구 양화로 156
         LG팰리스빌딩 1428호
전화 02.324.3945-6 **팩스** 02.324.3947
이메일 decomma@gmail.com
홈페이지 www.arzak.co.kr

ISBN 979-11-6668-663-4 03810